何田昌 ◎ 著

濡水流深

中国华侨出版社
·北京·

图书在版编目（CIP）数据

潇水流深 / 何田昌著. -- 北京：中国华侨出版社, 2024.4
ISBN 978-7-5113-9237-4

Ⅰ.①潇… Ⅱ.①何… Ⅲ.①散文集–中国–当代 Ⅳ.①I267

中国国家版本馆CIP数据核字（2024）第042450号

潇水流深

| 著　　者：何田昌 |
| 出 版 人：杨伯勋 |
| 责任编辑：肖贵平 |
| 封面题字：唐幼铎 |
| 封面设计：瞬美文化 |
| 经　　销：新华书店 |
| 开　　本：880毫米×1230毫米　　1/32开　　印张：7　　字数：160千字 |
| 印　　刷：香河县宏润印刷有限公司 |
| 版　　次：2024年4月第1版 |
| 印　　次：2024年4月第1次印刷 |
| 书　　号：ISBN 978-7-5113-9237-4 |
| 定　　价：59.80元 |

中国华侨出版社　北京市朝阳区西坝河东里77号楼底商5号　邮编：100028
发行部：（010）64443051　传　真：（010）64439708
网　　址：www.oveaschin.com　E-mail：oveaschin@sina.com

如发现印装质量问题，影响阅读，请与印刷厂联系调换。

序言

潇水，书写不尽的文学母题

　　田昌君新的散文集《潇水流深》即将付梓，嘱我写序，我欣然应之。

　　去年初夏，参加在永州举办的中国山水散文节。主办方安排来自全国各地的作家到永州下辖的双牌县阳明山采风，田昌君携县文联、县作协几位文友出面接待和陪同，是与他初识。其间，他拿出我的一本旧作，让我补签个名。

　　小半年后，他参加省作协在毛泽东文学院举办的湖南省首届少数民族作家班学习。一个月时间，我们有了更多交往和交谈，包括对微信朋友圈和公众号文章的互动留言。不时还有对文学等诸多方面话题的交流，算得上比较对味的那种。

　　田昌君生长生活在湘江源头的潇水岸边，对这条江河，对被这条河流滋养的土地，对这片土地上的历史和生生不息的人民，怀有深切而真挚的情感。这从他的文学书写中便可以看出。他此前著有两部散文集——《潇水清清永水流》和《潇水涟漪》，这次结集成书的散文专著，依然执着地冠名《潇水流深》，足见"潇水"二字在他内心及他文学书写里的分量。潇水，定然是他书写不尽的文学母题。

潇水，是潇湘的重要组成部分。最近，我对"潇湘意象"亦有一些思考，也写下《江南江北，尽是潇湘意象》和《佛光里的潇湘》等系列文章。正好在《佛光里的潇湘》里，我对古代"官学"做了这样的分析："以湖南为例，14州56县，唐代有明文记载设有州县学的，仅永州、道州、衡山县、江华县、延唐（宁远）县5地。""现有史料表明，唐代进士科，共举行过262次，所录进士6656人。而湖南金榜题名的，仅有25人……更奇葩的是，这些进士差不多一半来自道州。"

地处湘南的古今永州（包括古道州，今道县），曾一度被贴上"蛮夷之地"的标签。加上唐宋以降，诸多遭贬谪的官员流寓于此，失意、彷徨、哀怨、苦闷、凄惨等情绪与心态，假借他们的诗文向外传播，给世人留下印象，永州即是偏荒的代名词。从前述分析看，事实又并非如此。因潇水与湘江交汇于此而得"潇湘之源"雅称的永州，实则是一片开化较早的地域。

田昌君等一干我所交识的文人，他们就生活在这片土地上，自觉不自觉地被这种"潇湘意象"浸润，抑或因袭了某种精神与文化自觉，或"士人情怀"，不遗余力地为这片土地尽兴歌吟。交到我手上的《潇水流深》书稿里的一篇篇散文，如《在飞檐翘角的光影下徜徉》《元和八年五月十六：柳子的三条"朋友圈"》《阅读鸦山》《在一畦油菜花田，怀想诚斋先生》《贤德不孤周濂溪》《待看生出故乡云》等，都是这样的作品。这些作品试图缕析的人事，时间跨度逾百年或数百年，甚至上千年。作者对这些历史过往的感知、人文的解读和对个体生命得失的感悟与思考，对今天的我们仍有启迪意义。这些文字，令人读来有荡气回肠之感，充满着人文散文特有的意蕴和力量。

"写文化散文，自然是需要极为深厚的文史修养。作者既要具有作家的灵性，还要具有学者的厚重。博古通今、学贯中西自不待言，还不能只是披着文化的外衣，仅仅停留在'玉壶买春、赏雨茅屋'的士大夫审美情趣上，而是要真正深入传统文化之内核，极尽作者才力、学力、思力。既要思想深邃，见解独到，别出心裁，不落窠臼；又要文字纵横捭阖，挥洒自如，'语不惊人死不休'。有光亮，也有温度。"

这是近来在《散文选刊》上偶尔读到的张觅女士对文化散文写作的见解，我深以为然。文化散文作家就应该具备这样的思考与行为自觉。而田昌君这些年的写作实践，正是这般发力的，并且做得很好。

"曾经喧嚣繁华的生活，经过时间沉淀和作者思想之网的过滤，诉诸笔端已是平和、优雅、冲淡。细细品读他一篇篇散文，感觉之敏锐、笔触之细腻、描写之生动，都体现出作者用心生活、用心阅世、用心写作的特质,也让阅读这些文章成为一种愉悦,一种分享"。浏览《潇水流深》文稿,在附录部分所收评论家王敦权的一篇评论里,我读到他引述永州市文艺评论家协会原主席郑山明先生对田昌君作品的一段点评。我认为,他们的评价,是客观中肯且颇具针对性的。相信读者拿到这本集子,阅读他的作品,自会有与我同样的感受。在此,我不再对其文本一一赘言。

是为序。

谢宗玉

2024年1月写于毛泽东文学院

(谢宗玉,散文家,湖南省作家协会副主席)

目录 Contents

辑一 浅吟低唱

- 002　方圆井记
- 009　阅读鸦山
- 018　那些鹭鸟翩翩
- 023　住院琐记
- 033　在飞檐翘角的光影下徜徉
- 042　滑向虚拟世界
- 050　毛院里的那些鸟儿
- 054　青山依旧（外一篇）
- 065　塔山有茶（外一篇）
- 073　在茶人悦舍

辑二 倬尔身影

- 078　在一畦油菜花田，怀想诚斋先生
- 085　贤德不孤周濂溪
- 093　风自徐来"贤令山"
- 101　元和八年五月十六：柳子的三条"朋友圈"

	109	云台山上有嘉木
	117	待看生出故乡云
	124	"横平竖直"墨留香
	131	云上犹闻歌诗吟
	140	何绍基归乡逸事

辑三 抵近观照

	144	"活"成一派文意盎然
	151	"我们"的样子
	159	指尖划过的时光
	166	又想去喝瓜箪酒
	170	陪读的新"孟母"
	175	不过如此，或正是如此
	179	"运斤成风"斧正及其他

附录

	184	田日日散文里的"书影"
	192	地域人文与乡土风情的意蕴交响
	206	最多吟兴是潇湘

	214	后记

浅吟低唱

辑一

XIAOSHUILIUSHEN

方圆井记

一

方圆井，隐于花千谷东北角。

这"花千谷"三个字，固然不会是这个地方的初始之名。明眼人一看便知，是经由文人雅士改名得来。

当然，这也并非不可，就像经元结改名后的祁阳浯溪，经柳宗元改名后的零陵愚溪，经周敦颐改名后的庐山濂溪。方志有载，"永山永水出永州"。在这"永水出焉"的双牌县，文化底蕴素来深厚，操刀者行此改名之举，自然是寄寓着某种情怀的。但那终究算是雅士们的游戏，就像她原本地名叫什么，这些对于普普通通的市民来说，貌似并不那么太过重要。

人们在城里待久了，厌倦了栋宇林立的压抑和街巷的嘈杂喧嚣，怀想泥土的气息、草木的风情和虫鸟的歌吟，难免生出行走乡村的念头。而花千谷近在城郭北郊，离市内不过五六里，借用漫城生活理念，营造出一派田园与山野风情。斯地舒缓平坦，近山临水,山清水秀,谷谷花开,四季轮换,梦幻、浪漫和恬静、闲适的意绪与情调,都能在某一块谷地恰到好处地安放。置身其间,令人感觉已瞬间抵达远离都市的世外桃源,回归恬淡自然的乡村生活场景,可以自顾寻找心灵栖息的领地。

这偏于一隅、被冠名"方圆井"的地方,便是其中一处最惬意的所在。

二

方圆井,顾名思义,就是一方一圆两口井,紧紧挨着并相互连通。圆井在上,直径一米五左右,专供饮用取水;方井在下,约两米见方,为日常洗涮之用,正好契合"天圆地方"、方圆兼得、和谐有道的传统寓意。

一方水土养一方人。方圆井的来历,自然也会跟别的水井大同小异。一个地方能容人安家兴业,最不可或缺的就是水。风水风水,自然是离不开这生命之源的。方圆井边上有一个文姓小村,叫戈连冲。虽然大多数村民已进城居住,那些闲置的房舍略显落败,但房屋主人早年生活自足有余的痕迹尽显。所以,这口水井曾经的热闹,是可以想象得到的。

相伴岁月流转,这滋养村里数十户人家、见证生活变迁的水井,日渐荒废。但井沿光溜溜的青石板,总能让人脑海里映出一幅画面:某日午饭后,三两名村妇担着水桶来到井边挑水,还提着家人换洗的衣裳。她们蹲在井边，一边舞着棒槌捶洗衣裤，一边说些开心事，或倾诉心中不快——东家长，西家短，七双筷子八个碗。几个跟屁虫一样的孩童，则自顾在井台上追打玩耍，戏水抛石。有节奏的捶衣声、小屁孩时哭时笑，以及树上知了的阵阵鸣叫声，交织掺和在一起，格外鲜活灵动。

这一处荒芜的所在，这口干涸荒废的水井，开辟花千谷景区时被开发者慧眼识得，稍加修整、掏洗，顿时泉眼畅通，汩汩满池。再复置一凉亭保护和点缀，意境瞬间生动起来。

水是万物之源。如今这水井周围，又摇曳着蒲公英、紫云英、车前草、鱼腥草、蒿草、艾叶草、紫罗兰、灯盏花、苜蓿等花花草草。水井出水口，是一蓬生机勃发的水芹菜，还有菖蒲。这样的场景，让一些或远或近离开故土的人，很容易滋生幻觉：明知所处并非故乡，却愿意当成自己暌违的故乡。这便是，风物旧景撩我意绪，让人轻易便又望见乡愁。我相信，这应该是另一些人，也愿意像我这般不厌其烦地亲近这方古井的缘故。

三

对故乡念兹在兹的人，大多是青春年少之时铆足劲离开故乡，去闯荡江湖，随之落居在外的。眼界开阔了，境遇改变了，也分享了城市的盛世繁华，内心却依然无法忘却故乡那方水土。一有机会，就想回去走走看看。

或许亲人还在,却难抵岁月苍老;或许老屋还在,但注定砖墙斑驳。故乡,早已不是儿时所见之故乡。如果故乡有一眼古井,当然会很容易找到她之所在,而移步走近,目之所见,却多半会是她被荒芜遮掩的不堪。不经意间,内心的感伤就被触发——故乡老了,归来的自己,更不是他年之少年郎。

不少人道起乡愁,几乎都会提及故乡的某口水井。水井,是故乡的坐标。这是因为,水井于一个村庄、一个人而言,不仅重要,还一定有太多的故事,有种种刻骨铭心的记忆关联。儿时,为了生计,我常跟随母亲挑些蔬菜走段山路去赶集售卖。去的途中渴了累了,回的途中饿了,总是在路边找一眼山泉喝上几口。多半是单膝跪着,俯下身子,双手掬捧,先抹洗一把脸,才去取饮那清冽的馈赠。稍作歇息,便又浑身充满力气去完成剩下的行程。我第一次到方圆井时,也是以这样的姿势掬水而饮,像婴儿匍匐在母亲怀里,是一种谦卑的姿势。我以为,唯有这样对水井恭谦,方能触及那隐于岩石缝隙和葳蕤草木之下的心灵源泉,才对得起她的喂养。

眼前这股从方圆井外流而去的水,虽浅细,却能撩拨起我对"远方"的想象。

这涓涓细流,汇入两里之外的潇水,汇入百里之下的湘江和千里之遥的长江,一路遭遇了白云、烟岚、樵歌、渔歌、浪花、传说、洗衣女子、放排老汉、艄公号子、鹭鸟飞翔,直到归于大海。就像自己,以及诸多如己一般的游子,当年一路背对家乡走向外面世界,历人历事无数,尽尝酸甜苦辣,在温情与纷争交替的磨砺中历练成长,登上全新的人生舞台。同时,也有了这大半辈子的"背井离乡"。

人"背井"离开家乡时,会时不时扭头望一眼,身后是父亲或母亲目送挥手。走得越来越远,渐渐只看得见家的方向——最高那座山的山顶,那座山便被叫作"家山"。

从此,那座山的方位,便恒久地留存脑海,留在心底。因为在她的山麓,有自己呱呱坠地其间的祖屋。在她的山腰,则埋葬着祖辈的身躯和灵魂。那是母亲生育自己血肉之躯的血地所在。再回故乡,越走越近时,那座山头一入眼界,心里便念叨:"噢噢,终于到家了。"离开故乡太久,故乡的一座青石板小桥,或一株古树,特别是那口滋养过我们的水井,更会被长久铭记,直到定格成一个游子精神的原乡,令我们可以在梦境里与她时时同在。

那么,井里外溢的细流之水,远离她之泉源,徐缓前行,途中遇到溪涧中一块石头或枝丫的阻挡,宛如"故乡"对她的挽留;水流生出的漩涡,有如她对"故乡"的些许不舍或告别。她走得那么低,注定无法回望她的"家山"。入溪入河、达江达海之后,她思念"故乡"吗?会迷失回家的路吗?她怎样才可以转得回去呢?

水的格局，其实很高。她低走高回，会化作水汽，升腾到云端，借一阵思念之风，来到井的上空，再化作雨滴，或雪花，飘落而下，掉入井里，回归到"家"。她这才是真正的衣锦还乡、荣归故里呢！

四

杜甫《佳人》有句曰："在山泉水清，出山泉水浊。"泉水原本是清澈的，离开井池一路流淌，裹挟着泥沙，自然会日渐变浑浊，不知不觉中失去泉水的本真。我等凡人，也莫不如此。

在路上疾行，在尘土飞扬的环境里走过，路遇一摊又一摊污水，我们差不多习以为常。因为污水无法照出我们的影子，也就难以发现自己面庞的尘埃。井水，则像一面镜子。立身于一眼清澈的泉池旁，井水如镜般透亮，自然会映衬出一个真实的我。倘若依然洁净清纯，便可自喜；发现蒙了灰尘，尽可"水清濯缨"，以一捧泉水洗去，如同年少时在故乡水井边那副模样。手中捧起的水，从指缝间漏下，一不小心渗入脖颈，流到胸口，浑身觉得一凉，宛如听到家中长者一句叮嘱：脸上蒙灰，濯洗容易；心灵染尘，洗净则难。

静坐井边，端详自己稍显疲惫的面容，观照自己有些倦怠的心灵，重新"淘洗"出被井水定影收藏的自己那张天真无邪的清朗面庞，却会因有一只小水黾突然蹦跳着闯入井池，打破水面平静,而让人瞬间又回到现实之中。

如此这般,花千谷里那一处方圆井,就成了我时不时想去待一阵子、独自发一会儿呆的地方。听人说,水从嘴里喝下,经肠胃排空,只需三分钟就会进入血液。立身方圆井边,我躬身掬捧井水"牛饮",片刻之间,抬手看看手背血管,似乎看见一股清流畅行其间,自己顿觉神清气爽,浑身力量倍增。那一刻,我总是想象自己回到了故乡。

身不由己的我们,注定没有太多时日身回故乡,心安故乡,但可以不时走进花千谷,去依恋这口方圆井,去寄情一个深藏于心的故乡。

阅读鸦山

"外面名声传得响当当的'牙山羊肉',俘获大家味蕾,吸引咱一路奔行而来,怎么来到这儿又见村子不叫'牙山',而叫'乌鸦山'?多不吉利呀!"

是的,确实不止一个外地朋友这般向我发问。我也一样,最初总以为,乌鸦山村这个村名,确实不怎么雅致。因为惯常看来,乌鸦是一种不够吉利的鸟,不像喜鹊那般讨人欢喜。这不,闻名遐迩的乌鸦山"鸦山羊肉"店,开到村外、乡外、县外,乃至市府所在地的城里,店名用的多是"牙山"二字。

万事皆有来由,乌鸦山这地名亦不例外。

乌鸦山村,平常大家直呼"鸦山",而非"牙山"或"雅山"。羊肉店的店名却又写作"牙山",概因一图简单省事,让食客们好认好记。至于另有好事者改而叫作"雅山",则多少有些主观臆断和附庸风雅之嫌。

翻检康熙《零陵县志》,可读到王元弼《名胜记》里一段:

去(零陵)城南五十里,山多异石,极空明,如太湖石,然望之如鸦……一草一木,生成有景。向谓天生巧物,不事琢磨。今游兹山,果如予言。因系以诗:"兹山抑何异,状之名以鸦,始识大块间,灵运俱无涯。"陈正谊记云:"危峰万点,望之如鸦;每斜阳欲没时明灭天际,如飞如坠殆不可状。上有茅庵在山深处,厨烟写影,佛鼓流声,皆非人间所有。犹忆周子有诗曰:'他日尧舜功业成,与师高卧白云深。'"

王元弼为康熙年间零陵县令,乌鸦山所在地时属零陵管辖。公务闲暇之时,他兴游乌鸦山,回家后将所赏山水奇景写入他的《名胜记》并赋诗歌吟,是再正常不过的事。陈正谊者,明朝人,虽详情无法考确,但从《古今图书集成》之《愚溪部》里仅收他一首五言律诗《寻八愚旧迹》来看,他终归也是与零陵有不解之缘的人。

对待千百年如烟往事,我们心生疑虑甚或茫然无知,其实并不奇怪,毕竟世事多湮没于风尘。比如陈正谊所记"犹忆周子有诗曰:'他日尧舜功业成,与师高卧白云深'"这两句诗,其实并非"周子"周敦颐的诗句,而是宋治平四年(1067年)五月七日,周敦颐携友游东安九龙岩,一位叫陶羽的同游者所写、被镌刻在九龙岩崖壁之上,是《古歌赠岩主喜公》的最末两句。陶羽,浔阳(今江西九江)人,自然是周敦颐至交无疑。而周敦颐留在岩崖上的题刻,是"治平四年五月七日,自永倅往权邵守,同家属游春陵，周敦颐记"。

不妨偏题说道一番此事来龙去脉。治平元年（1064年）冬，虔州知州赵抃擢升，导致知州暂缺，时任通判之职的周敦颐"主持全盘工作"，名正言顺履知州之职貌似指日可待。恰此关键时刻，不料百姓元宵"闹花灯"失火，殃及全城，朝廷问责下来，令周敦颐从江西虔州平移家乡永州，仍职通判。但没过多久，就以"永州通判、权发遣邵州军州事上骑都尉赐绯鱼袋"身份，又去毗邻永州的邵州（今邵阳）"主持全盘工作"。他们一行人那次去九龙岩，便是其家属和数好友送他前往邵州上任时的顺道之游。

收回话题，再继续说鸦山。

明崇祯十年（1637年）三月十五日，一位名叫徐霞客的雅士也曾游览乌鸦山。他尽兴游览与乌鸦山连绵一片、今被称作青龙洞的"出水崖"，尽情在奇山异石和幽泉秀水之景中徜徉，而后下了个结论："武陵渔当为移棹。予历选山栖佳胜，此为第一。"他接续写在《楚游日记》里另一段文字"由庵侧南行二里，有溪自西南山凹来，大与阳溪似。过溪一里，东南转出山嘴，复与潇江遇"，记述的正是鸦山村前之景。

缘于附近山上多有奇石，危峰万点，望之如鸦，此地得名乌鸦山。地方志和名人游记、诗文里，都有确凿记载，这便等同是铁板钉钉的事了。

聚居于乌鸦山村的,有蒋、徐、韩等姓氏,尤以蒋姓居多,庶近村人之半。清康熙年间蒋氏族人编修的《蒋氏族谱》载,元末明初"削江西,填湖广"时,蒋氏荣一郎、乙十三郎两兄弟,举家自江西徙居此地。而后削坡平地,凿石砌墙,架笕引水,开塘耕田,于此发脉开派,至今历二十五代,兄弟俩也因此被后人奉为乌鸦山蒋氏始祖。

对人文历史的探查发掘,真是一件苦差事。除了不能偷懒的登门走访和耐得其烦地翻检史志、族谱等资料,常常还需借助类似于田野调查的方式,抵达遗迹现场,扒开荒草荆棘、断砖烂瓦,透过残缺的石碑乃至墓碑上模糊的文字发现端倪,还原被时间遮盖的真相。从乌鸦山村四周环境和古建筑形制与布局来看,当年蒋氏先祖选择于此立村,是极有讲究和考量的。择得旺家地,外加勤于耕耘,方才衣食无忧、人丁兴旺、开枝散叶。蒋氏后裔除了后来迁徙四川外,还分散到附近良村、江西村、霞灯、义村、八亩田等地,足见这儿是块风水宝地。

我枉自猜测,蒋氏先祖们不仅不忌讳乌鸦山之名,相反,在他们眼里,一只只乌鸦恰恰就是一只只幸运鸟,村后山上那些像极了乌鸦的石头,分明就是庇护自己和子孙后代幸福平安的转运石、靠山石。

中外古代关涉乌鸦的传说、寓言和典故有很多。比如"乌鸦喝水""乌鸦反哺""三千乌鸦救孔子"和"爱屋及乌",等等。

"乌鸦喝水"的寓言故事，盛赞乌鸦聪明；"乌鸦反哺"的典故，让乌鸦赢得慈孝之名；传说"三千乌鸦救孔子"，曾令孔圣人感喟："乌鸦乃禽类之最仁慈者，犹如人类中之君子。"

特别是"乌鸦报喜，始有周兴"的传说，史籍《淮南子》《左传》和《史记》等均有记载。西汉董仲舒在《春秋繁露·同类相动》里，引《尚书传》："周将兴时，有大赤乌衔谷之种而集王屋之上，武王喜，诸大夫皆喜。"唐朝著名志怪小说家段成式，其《酉阳杂俎》里亦有"人临行，乌鸣而前行，多喜"的说法。所以说，唐代时，乌鸦在中国民俗文化中，是代表吉祥的神鸟。这样讲来，贤明的蒋氏先祖原来真的独具慧眼，是有独特看法与想法的有识之士。

若干次到乌鸦山，当然是意图读懂她。村中那一条条井字形巷道，被生生不息的一代又一代人和无数南来北往的人走过，铺满巷道的青石板早已磨得光光平平，像裹着包浆一般闪着光亮，似乎照得出人影。再走进某条狭长一线的巷子，重叠一些脚印走走停停，或倚着那些光滑而有质感的条石门框，或轻推一扇沧桑古朴的木门，你宛如穿越时光隧道，似可与古人相遇，与过往相拥。一座座积淀着岁月痕迹的老建筑鳞次栉比，虽见墙垣斑驳，黛瓦参差，曲栏倾斜，但精致的窗棂雕饰，藻井照壁上一幅幅精美绘画，以及马头墙的飞檐翘角，依旧能让人读出这些建筑的悠悠古韵和主人当年生活的富庶。

常听说一句口诀："左青龙，右白虎，前朱雀，后玄武。"乌鸦山村村后，是一座座奇石望之若鸦的靠背山，恰就是"玄武昂头"。而村前是一片开阔田畴，再远处是发源于永山、自西向东南注入潇水的溧江，可谓"明堂敞亮"，又暗合朱雀方平旷见水，寓意财源滚滚。村庄两个旧式的门楼前，各有一口椭圆形池塘，除有防火的消防功能，无疑还寄托着主人聚财消煞的期颐。

紧挨着池塘一道院墙的门楣上，镶嵌着一块石匾，镌刻着"卫守府"三字，因岁月侵蚀，风化严重，字迹已模糊，很难辨识，原系道光辛丑岁（1841年）蒋洁斋所立。石匾为谁而立？蒋洁斋又是何许人也？四处寻觅答案，都没能厘清。至于何谓"卫守府"，倒是没费多少心力便知详情。在清朝，是朝廷赐给名门大户的一个官衔，大致相当于五品官阶。理论上讲是有机会补缺的，但实际上能变现的概率近于零，不过是种象征性荣誉而已。但不管怎样，彼时的乌鸦山蒋氏，是可称得上官宦之家的。

与别的古村落有些不同，乌鸦山村村前田畴里，曾经风风光光地立着蒋公祠、高宗庙、惜字塔、覆镇庵和文昌阁。蒋公祠与高宗庙共处一座建筑内，左祠右庙各有门楣，具体建于何年已不详。高两丈有余的惜字塔，是座六角五级青石塔，约建成于清顺治年间（1644—1661年）。覆镇庵，借由镶嵌在庵内墙壁上的一块青石碑——清康熙三十七年（1698年）断案碑，推算此庵已有三百二十五年历史。

惜字塔和文昌阁到处都有，但一个村庄兴建一座惜字塔，还建一座文昌阁，却很少见。乌鸦山村文昌阁建于清光绪十二年（1886年），与那位叫蒋洁斋的先贤立"卫守府"石匾的时间隔得并不久远，可见斯时乌鸦山村已不乏儒雅之士。耕读传家的氛围，在乌鸦山村是浓郁的。

蒋公祠和高宗庙已不复存在。惜字塔和覆镇庵虽依然矗立在田畴间，经过风霜雨雪的洗礼和人为干预，都颇有些饱经沧桑或者说是衰败的感觉。文昌阁也是，时下世人眼中所见与村中长者手里一张照片展示的它昔日雄姿两相对比，令人无不惊叹它曾经的芳华。

这些祠、庙、庵、塔、阁，齐集一村，不能不说是我到访过的众多古村落中的一个特例。农耕时代，依托这些场所传递的朴素的道德思想，极具浸润教化之功，对传统文化弘扬和彼时乡村社会治理，具有正向的推动作用。

同样是在覆镇庵里，进门门柱边的院墙上，还镶嵌着一块石碑，碑上刻有"重修埝坝桥枧碑"字样，这里的"埝"是"塘"字的别写。碑上所记是乾隆十六年（1751年），乌鸦山村蒋、徐、王诸姓氏村民共同集资，重修村内水利灌溉设施和通行桥梁时捐资出力之事。彰显了村民虽不同姓同宗，但共居一村之域，和睦相处、同心聚力之善举。

说到文昌阁，还有一人是无论如何都绕不开的。《零陵县志》

和《宾步程集》载，曾资助孙中山先生革命的东安人宾步程，于民国二十八年（1939年）倡导并创办湖南省立第七中学（今永州市第一中学前身）并出任首任校长。时隔不久，侵华日寇进犯湖南，宾步程带队迁校于今双牌县城北郊乌鸦山村，师生被悉数安顿在并不宽敞的文昌阁里。乌鸦山村人的大义情怀，由此可见一斑。

遥想当年，一群充满朝气的青春少年，在一众满腹经纶的老师带领下，除却端坐文昌阁中吟诵诗书、畅谈国事，有时也散于村野探山探水，给村里带来另类气象。

毕竟世事维艰。因操持办学劳累过度，1941年12月27日宾步程不幸英年早逝，病逝在寄身一隅的乌鸦山文昌阁中。

1903年被张之洞选中，留学德国柏林帝国工科大学，归国后受孙中山委托，主持金陵机器制造局事务，宾步程妥妥算得上是位实业家。同时，他也是一位教育家。岳麓书院讲堂外檐悬挂的"实事求是"匾，即是湖南大学之前身的湖南公立工业高等专门学校1917年入迁岳麓书院时时任校长宾步程亲撰。从此，"实事求是"就被当作校训，引导莘莘学子追求真理、崇尚科学。可是，覆巢之下，安有完卵？一个享名于世、怀揣实业兴国与教育强国梦想者的生命，最后竟落寞终结于避难偏安的乡野之地——一座破败的文昌阁里，正所谓"国之不强，民无身安焉"。

亲近乌鸦山村次数多了，与村里男女老少越来越熟络。某次临近晌午，被盛情挽留吃午餐。主人摆上桌的当家菜，当然少不了乌鸦山羊肉。地道食材加上正宗的烹饪技法，煮出来的羊肉那个喷香的味儿啊，真是不虚盛名。怪不得其制作技艺能入选非物质文化遗产名录。

推杯换盏之间，言及建设中绕村而行的零道高速公路，互通出口正好设在乌鸦山麓，乡党们笑靥如花。三五年后，这碗羊肉之鲜，因了交通便捷，南通北达，自会被更多人知悉。那些异地他乡三五百公里之遥的美食家们欲尝此味，朝发午至，不过半日间事。

倥偬岁月和蹁跹时光消解了诸多历史过往，也燃起了现实烟火，乌鸦山地，早非昔日权作逃难避灾之偏乡僻壤。如若宾步程宾公九泉之下魂灵有知，得见这半个多世纪国强民安之蝶变，不知会有怎样的情愫，会做何感慨，说不定也会来此故地神游一番吧。

乌鸦山之名，非为不雅，实大雅尔。

那些鹭鸟翩翩

傍晚,妻子从滨江广场健身回来惊喜地说,浮洲岛上又见成群的白鹭飞回来了。次日清晨,我便赶紧起个大早,去日月湖畔看白鹭。

有道是"莫道君行早,更有早行人"。果然,湖岸西侧的潇水风光带沿途,更多早起的市民已兴致勃勃地在围观。顺着众人指指点点的手势望去,只见日月湖中、浮洲岛上疏枝密叶间和四周滩涂上,栖息着数以万计的白鹭,眼之能见的天空之中,也是数不胜数的白鹭在盘旋翻飞,翩然起舞,蔚为壮观。"飞时遮尽云和月,落时不见湖边草"。恰在近日,读一位生态散文作家的书,读到他引用这句民谣形容洞庭湖区白鹤之多。我以为,将之借用过来形容日月湖上的白鹭,亦是很贴切的。

"闻有秋风歌自在,一湖白鹭一洲雪。"去年此时白鹭归来,好友建辉兄诗兴大发,在微信朋友圈贴出一诗——《浮洲:一夜白头》,以青翠葱茏的浮洲一夜"白头"之喻,描述白鹭云集。甚有同感的我,便曾口占这拙句跟帖助兴。

所言"浮洲岛",是有日月湖美称的潇水河中一个沙洲。自南向北奔流而下的潇水,在永水河与其交汇之处,因水力所致,流水挟带的泥沙在回旋中沉积,天长日久形成这个两百来亩的船形沙洲。沙洲之上,修竹、香樟、桃李、橘柚夹杂共生,四季有景,鸟语花香。隔河望去,貌似再大的洪水也不能淹没它,故而此洲被形象地叫作"浮洲"。

而民间有关浮洲来历的传说,显然要比这段说辞更生动几分。

相传,当年舜帝南巡,到了他同父异母弟弟象的封地"有庳",后崩于苍梧。舜帝两位爱妃——娥皇、女英,乘舟寻夫,溯潇水而上,来到古"有庳"所在的今双牌县,为峡谷中湍急的河水所阻,无法顺利南行。头顶上成群结队南飞的白鹭,闻听受阻于江舟之上的二妃凄凄惨惨的恸哭声,深受感染,纷纷降落到二妃船上,结伴托起二妃继续朝着九韶之乐和南风歌吟之声响起的南天飞去。二妃那艘小舟留在宽阔的江心,化成一座绿洲。从此,洲随水涨而不被淹没,故得名"浮洲"。

"江洲不见故人在,隔岸听鱼问浪花"。从远古的尧舜时期至今,时光荏苒万年,过往历史那般遥远,真假是非谁能说清?而百姓口中流传的神话传说,多半充满喜感。它将众生的美好愿望,假以抑扬顿挫、一波三折的套路,最终尽可能以完美的结局收场,所传递的那份朴拙但真挚的爱恨情怀,自然是显而易

辑一 浅吟低唱　　019

见的。

现今技术手段之下，检验浮洲岛是否真如传说所言永不被河水淹没，办法其实很简单，便是用数据说话。

我早年供职城市规划部门时，正逢有不少人提议将浮洲岛建成露天游泳场和市民休闲公园。这建议是否切实可行，需要规划部门先期拿出初步方案，继之征询公众和专业人士意见。我便带领测绘人员扛着仪器登上沙洲，详细采集沙洲不同点位海拔高程、与潇水河正常水位乃至汛期最高水位之间关系等数据。经过一整天实地测量和查访，综合得出浮洲岛地表高于历史最高水位精确的面积数据。借此，通盘考虑各种因素，设计出较为适当的规划草案。

在得到技术层面特别是决策层初步认可后，规划方案遂向社会各界征求意见。市民休闲公园和露天游泳场的规划定位与初步设计思路，由最初获得诸多市民点赞认可，进而引发参与者热烈的讨论。渐渐地，一种共识形成，那就是把浮洲岛留给白鹭等禽鸟，让它长久地成为鸟儿们欢乐的天堂。有识之士的呼声被充分地尊重，这次决策讨论的过程，演绎成一次市民参与度极高的爱鸟护鸟宣传。

浮洲岛，依然是江心之中少有人去打扰的寂静之地。鸟儿鸣叫得越欢快，反倒让人愈觉斯处清幽。市民的目光，总是跟着扑棱而起或凭空落下的鸟儿流转。小孩子则想把手里的风筝放飞到浮洲岛上空去，盼着风筝与鸟儿们一起飞翔。特别是十多年前的一个春天，几位环保志愿者第一次在浮洲岛周围水域发现三只中华秋沙鸭踪迹。这种第三纪冰川期后残存下来的濒危鸟类物种，目前全球数量不足两千只，是有着"鸟类中的大熊猫""水环境生态试纸"美誉的国家一级重点保护鸟类，从此，每年都来岛上栖息越冬。鸟恋故枝，燕入福门。但凡不是人为滋扰，即便是候鸟，也爱寻找自己熟悉的旧栖。浮洲岛不折不扣地变成鸟儿们不舍不弃的"归巢"。

前年深秋，又到中华秋沙鸭自北向南迁徙越冬的时节，小城里那些爱"鸭"的人们，有事没事就往日月湖岸跑，想去迎接中华秋沙鸭的归来。连续守候多日，始终不见中华秋沙鸭的身影，一个个都急眼了。还是前述那位文情满满的建辉兄，专门写就一篇散文——《那几只让我牵肠挂肚的"鸭"》发到微信朋友圈，引得满城市民的共情。当突然有人在微信群里"报告"，说又见到"她们"飞回来了，大伙儿便一个个放下手头的事情，不约而同地前往日月湖畔，去与那些精灵似的中华秋沙鸭"相会"。

研究鸟类的专家们说，鸟的一生只做四件事，飞翔、鸣叫、觅食、繁殖。白鹭鸟或中华秋沙鸭等，它们来到日月湖，除却终极的繁殖使命外的种种，一概都是怡然自得。停歇在此的日子，清晨或黄昏，晨曦或霞光中，时而高空展翅，时而低空滑翔；时而憩息滩涂，时而游弋水中；时而与水潭石缝间或藏或露的鱼虾频频过招，时而贴着湖面若飞若漂，翅膀和脚掌拍打水面，溅起朵朵浪花，宛若传说中的凌波仙子，成为秋日里一道亮丽的生态图景。

湘南初冬之晨，常常是烟雨青黛，雾霭弥漫，江水清澈澄明，宛如水墨丹青。跟随几位鸟类爱好者，沿着风光带边散步边欣赏那些白鹭，但见它们或在枝头啁啾对鸣，或起起落落追逐嬉戏，我便相信，这小城的早晨，也是被鹭鸟的欢唱声唤醒的。与浮洲岛隔河同在的市民广场上，三三两两早起的健美达人，一批又一批聚拢过来，和着阵阵舒缓的轻音乐翩然起舞，彰显着这座城市的惬意自适与幸福安详。

市民们还把无法计数、有着"环保鸟"美誉、应季而来的白鹭聚集栖息在日月湖湿地公园的场景，戏称为一年一度的"世界白鹭大会"。至于够不够称"世界"级，当然谁也很难给出定论，但以之形容白鹭之多，则是很贴切的。市民喜爱鹭鸟，对此盛景喜形于色，自可在打趣声中佐以证信。白鹭在市民眼中或新朋或旧友，人鸟和谐相安、相亲相爱，定然因了这儿就是它们自由自在的欢乐家园。

鹭鸟翩然，啾鸣声悦。我知道，白鹭是快乐的，小城里的人同样是快乐的。

住院琐记

茶室之外，几只乌鸦起劲儿地在门前桂花树与另一株老槐树的枝丫间起落扑棱，不时发出低沉的"嘎、嘎"叫声，使人扫兴。若依古谚语说法，这是不吉之兆。

端午节那日上午，像往常那样与好友茶叙。正想着早些散了，各自回家陪亲人过节，不讨人欢喜的乌鸦，却不合时宜地叫唤起来。空气中似乎弥漫着别样的气息，让人渐生沉闷之感。

果然，喝着喝着茶，面部倏忽间感到有些许不适，口舌也有些不咋灵泛。下意识判定，这是面部神经出了状况。待回到家与大家庭的亲人团聚，不敢像平常过节那样相互敬酒，只草草扒几口饭，就赶往医院。

"端阳佳节，祝福安康！"

伴随手机接二连三发出"嘀、嘀、嘀"的声响，亲朋好友间互致问候的信息爆屏。而我，手里却捏着一沓空白单子，不同楼层不同窗口轮番排队，依次经历血常规、大小便、B超、CT、胸透、心电图、磁共振等检查。

"病毒性神经炎引发右侧面部偏瘫。"接诊医师看完那摞写有检查结果的单子,不容置疑地下了结论。

"有啥都别有病",这话十二分在理。须臾遂成"货真价实"的病号,得马上住院治疗。

被引进病房,分得一个床号。在病床上等待输液的当儿,我尽力尝试着完成角色转换。

病房窗外,暖阳正媚,青木正亮。花圃里的三色堇花团锦簇,紫色、白色、黄色的花朵争妍斗艳。廊架上的凌霄花,努力向上攀爬,顶端开得分外热烈的喇叭形花朵密密匝匝,有如齐聚山头的胜利者。一种叫大花萱草的,叶色花色都很靓丽,招引来一群又一群蜂蝶,时落时起,翩然翻飞,怪不得又被人叫作"忘忧草"。

目光从窗外移回病房,心境略略好些。

有些无聊地摆弄手机。各地好友在朋友圈晒出刺激味蕾的美食,五花八门,但无一例外都有粽子。照片中一盘盘糯粽金黄透亮,香香软软格外诱人,仿佛一袭浓香从手机屏幕溢出,让人瞬间唤起存储于心的对它滋味的记忆。而我突然陷于病床,不能与家人同席而餐,美味诱惑尤更强烈一些,实是因为,有情感因子加持其中。

此生最早一次住院是三岁,双脚意外被鸟铳击伤,在故乡的县医院治疗。那次是奶奶全程陪护照料的,那段时光,因而也是奶奶留给我一生最深的记忆。同样令我念念不忘的,还有医院食堂的菜。吃得最多也最爱吃的是莴笋炒肉,那莴笋煮得透熟,差不多入口即烂，还格外香甜。自那以后五十余年，莴笋一直是我的最爱。从这个意义上讲，住院也并非不能让人留住美好回味。

思绪从对美味佳肴的畅想渐回现实。医护人员忙碌的身影不停在眼前穿梭，医患之间、病友之间、患者与陪护之间讨论病情的问答之声在耳边此起彼伏。尤其是隔壁病房一个老年病友与陪护的儿子不停歇的争执与吵闹声，断断续续传入耳里，听了真是让人揪心。

那位老爷子入院几天，病情也不见有明显好转，却使劲吵着要回家。儿子数落父亲种种不是，一边呵斥父亲莫折腾，一边又不时抱怨另两个兄弟和妹妹整年在外务工，只拿点钱便算尽了义务，将伺候父亲的责任，一股脑甩给他一个人。

清官难断家务事，但还是有不少病友不时劝上几句。我突然想起二十多年前父亲生病需要照料，还想起父亲去世后母亲跟谁生活、由谁赡养的事。父母生育我们兄弟四人，各人都在外忙于生计，各自都有这样那样的无奈。最终还是三弟半情愿半无奈地担起这个重责，与弟媳回到老家，侍奉父母终老，却不曾有过怨言。自那以后，我当然也不敢忘了弟弟关键时候挺身而出的承担与付出。

躺床输液，无聊地望着天花板，会很容易联想到某一天假若自己生活完全不能自理。憋住呼吸，躺在顶部像极了棺材模样的磁共振穹形舱里体检，再闭上眼睛，也会很容易联想到自己若干年后终老之时安放在棺材里的模样。生与死，真的就在这样一睁一闭或一呼一吸之间。

读梁实秋《闲暇处才是生活》："人在有闲的时候，才最像是一个人。"折服于他看得如此明白了然。不妨借此再引申延展一下：唯没有战争、灾难、疾病，在身心自由的境况下，人的一生才可以活成自己想要的模样。当疾病缠身，生命不再充满活力，人生任何的缀饰都无处附着时，优雅也成了一种奢望。

生病会让人内心脆弱，也容易让人变得坚强，学会理解所有人事，不再强求别人，也不苛责自己。"人生不满百，好日更无多。"从生命的本真意义和凡人生命价值的取向上讲，平安健康即好。真没必要苦苦逼着自己和孩子非得如何如何优秀、如何如何出类拔萃。当然，"躺平论"，自应排除在外。

不少家庭，过分追求脸面上的荣耀，似乎孩子越优秀、越有出息、能去大城市立足、有份体面工作，就算是功成名就了。孩子，也一股劲地追求自己所谓的"诗与远方"，而顾不上对父母孤寂的身影"回望"一眼。凡此一类，为父母者，看似光鲜荣耀，其实是种虚假"繁荣"。为儿女者，追求"诗与远方"固然没错，但诗意的半径越大，则越需要年迈父母承受更多孤独去成全，不免让人觉得，这至少是种温馨的缺位。

另一类家庭，孩子虽然算不上有大出息，却能绕父母膝下，让父母尽享天伦之乐。平淡无奇的日子，家有欢声笑语，不时客来人往，偶有孩子哭闹；父母病痛之时，牵拉搀扶，送医拿药，端饭递茶，其实，这才更有人间烟火的滋味。

在县医院住院五天，抑制神经、影响面部表情肌做功的病毒被控制住。在省城工作的女儿，不容商量地要我转往省城医院做后期康复，说还可顺便做一次全面体检。

来到小有名气的省医院，除享受到更优质的医疗服务，还见到了更多各式各样的病友。有肢体障碍的，有大脑意识受限的，不一而足。与之相比，仅仅口舌有点歪斜、行动尚且自如的我，庶几为正常的健康人，被一众病友羡慕嫉妒着。所以，幸福的概念，究竟又该如何来定义呢？

同室病友翁大哥，来自江西安源煤矿，下岗后举家落户长沙做生意，患脑血栓急需安放支架。手术前，要进行一系列诊断检查，烦琐自是无疑。他抱怨的是，前前后后做了不少同类重复检查，为高额花费心痛，但又不便说出口。便支支吾吾找托词搪塞，期望能省去一些他自认为多余的检查项目。

患者的心理，堪称阅人无数的医生自是明白。他试图说服翁大哥，又不想在众人面前伤及翁大哥自尊心，便邀翁大哥与家属移步医生办公室交流沟通。一会儿之后，翁大哥夫妇再回到病房时，我知道，医师的说服奏效了。不管是否真的心甘情愿，看来这检查和手术，依旧会按医师的既定方案进行。

患者入院前在别的医疗单位以同类医疗设备所做检查及结论，很难被新医疗单位采信，即便在同一医院，不同科室之间往往也不能完全互为采信，难道就真的无法做到有机整合？

这些年来，究竟是依赖医疗仪器诊病还是依据从医经验诊病的问题，一直在社会上引发热议。有不少人由此格外怀念早些年老中医看病时的"望、闻、问、切"和民间流传下来的"验方"。

涂写此文期间，恰逢一部号称医疗剧的电视连续剧《促醒者》上线。好奇地看了几集，感觉依然还是偶像剧的模式，也不像广告打的那样真有看头。倒是见有提到重视中医和提倡中西医结合诊疗的话题，也算是契合当下百姓的愿望。

当然，近年来出现的"医闹"，也逼迫医护人员不得不扎紧自我保护的"藩篱"，一切按部就班依程序操作以规避风险，客观上却把重复检查带来的负担转嫁到患者身上。若再加上医院与医院之间、科室与科室之间收入之争的利益考量，从医人一旦失去"医者仁心"，刻意过度诊疗甚至虚假诊疗，处于弱势的患者，自然而然就成了待宰的羔羊。

"这App，那App，这小程序，那小程序，我们老头子用的手机大多是'老年机'，哪里弄得了呢？"

拿着补缴款通知单去医保窗口排队垫交手术费，听到一位老大爷一脸怒气地在一旁发牢骚。是呀，一些医改措施出台落地，不够尽如人意，也真的很令人闹心。这类的改革，貌似很智能，管理更科学，年轻人使用起来也确实便捷，能节省不少人力成本，好像还能堵塞一些漏洞。但是，却完全没有顾及求医者中老年人占比更大的现状。老年人作为一个特殊群体，手脚不灵活，视力听力衰退，反应稍显迟钝，一些给年轻人带来便捷的智能化措施，不仅不适老，反而会加大老年群体使用上的不便。这种为图管理者自便，而忽视惠及大多数被管理、被服务者的举措，是算不上接地气的。

世事无常，人生同样无常。

康复治疗的效果，比想象的还要好。我心里一边盘算着出院回家，一边按既定计划准备做一次全面体检。从头部开始，一个个项目做下来，全都比较顺利。一张张报告单显示的各项身体指标，与单子上所列的参考值对比，大多正常。检查进行到腹部，主管医生对其中一张报告单看得认真起来。为求保险起见，他重新安排了一次增强型探查，并邀请泌尿科专家同来会诊。会诊结果，怀疑是膀胱肿瘤。

我一直坚信自己算是个活得通透的人。可是，这"肿瘤"二字关联到自己身上，说没有心理压力，定然不是真心话。平常过得好端端的，并无明显征兆。偶发的面部偏瘫，严格来说还算不上大病；与膀胱这个部位，抑或与肿瘤这类病种，也完全不搭界。可病魔依然悄然而至，内心经受的震荡无法用语言来形容。我当然可以感觉到妻子和女儿的心理，受到的冲击肯定也是猝不及防。

头脑一阵虚无之后，参与会诊的一位医生的一席话，让人听了又有种说不出的滋味。他得知我是因别的病来此住院，顺便做体检发现肿瘤病灶，便脱口说出："你真是个有福之人，这面部神经偏瘫，也算是救你一命呢！准备手术吧。世上好多的事，真是可以坏事变好事的。"

妻子和女儿心里一直紧张,当然笑不起来,但我还是笑了。

手术很快排上日程,是一个膀胱电切术,不大不小。用医生的话来讲,手术过程并无风险,更无生命危险。但手术之前还是要例行履行若干手续。

先是术前谈话。医生指着一摞打印资料耐心地一条条解释,说得很艺术、很有分寸,但意思也很明白。手术过程中绝少有突发情况发生,但不怕一万,就怕万一。若有万一怎么办?故而手术之前要告知,并需患者及家属签字。

翻着厚厚的协议,掠过那些措辞得天衣无缝的条款,白纸黑字,每一条、每一字都不由更改。基本上把万一发生的不测都归咎于患者。患者内心知道,这签的分明就是"生死协议"。且医生的解释,患者听不了多久,多半会说:"算了,别看了,别解释了,直接签了吧。"

"不怕身体有毛病,就怕病人有文化。"最初读到这句话,还认为这简直是一派胡言。唯有此时此刻,才觉得话糙理不糙。假若一个人什么都不懂,会更愿意把自己的一切都寄托在医生身上,信任是治好病的前提。若似懂非懂不停反问,怕是会弄得医生都不敢开单下药了。

接下来机械地签上无数个自己的名字,签着签着,手就会有些微抖,字也有些歪斜,完全没有了平日签名那般潇洒飘逸。

原定上午九点的手术，因为前台手术的原因，延迟到下午一点才被带进手术准备室。等待，往往更会令患者及其亲属内心衍生出无尽遐想。直到护士指引更换消毒鞋，戴上深绿色头罩，回望一下被拦在门口的妻女，猛然间生出生离死别的感觉。

被推入手术室，顷刻进入一种特殊氛围中。或高或低不同的诊疗仪器有秩序地摆放其间，或悬挂在墙上、顶棚上，几乎都伸着一只只长长的"臂膀"，让人愈觉压抑。手术在全身麻醉下进行，不知是什么时候睡去的。自那以后，生命里一段时间便有了一段空白：没有了声音，没有了光亮，没有了颜色，没有了感知，没有了意念，也没有了记忆。

好像睡了很久很久，渐渐有意识时，使劲睁开眼，如从一个悠长的梦境中走出来。突然听见护士轻柔的声音："好的，好的，终于醒了。把眼睛开，千万别再合眼哟，坚持一下就好了。"躺在手术床上被推出手术室，一直守在走廊上的妻子和女儿一下紧靠过来。女儿的呼喊声格外娇媚，我听出她分明是带着一半哭腔。半清醒、半迷糊的自己，眼里一股濡湿暗流。

回到病房先前躺过的病床上，身上绑着或插着输氧管、输液管、冲洗管、心电图监测、全天候血压检测等各种管子。央求拔了，护士不许，妻女更是断然不从。护士还一再叮嘱告诫，必须静卧若干小时，尽量少翻身，大小便也不能下床，不打屁之前绝对不能进食、不能喝水。然后，隐约听见妻子女儿不时到走廊上接听或打出一个个电话，不厌其烦地向一些未能来到身边的亲友，尽可能细致地转告病状与手术详情，并对他们的牵挂致以回谢。手术之前，自己尚可正常接听电话时，他们并不曾直接打电话表达问候，原是有意回避，大概他们不忍跟我提及"肿瘤"这个字眼。

长时间保持平躺姿势是种煎熬。浑身不适又百无聊赖，自己便开始盼望着早点打出一串响屁，以此获得翻身、下床和喝水、进食的权利。想想真是好笑，平时谁打屁，都会被当作一种不雅，总是有意无意极力掩饰，不愿弄出动静。而此时，却盼着快有此举。其间，渴得实在受不了时，妻子和女儿只能隔一阵子用棉签蘸少许水，帮我抹在嘴唇上缓解干渴。而饿了，就只能强忍着啦。饿得极难受时，我就在想，哪怕允许我吃上半截脆黄瓜，一定也很幸福。

在暗自却急切的盼望中，打屁愿望终于达成。再往后，一天，两天，三天……刚好一周时间，遵医嘱，结账出院。真如护士所说，坚持一下，就好了。

搭高铁回家。好友获知讯息，早早约了饭局，说已邀三五知交为我"接风"。席间，除却被反复关心问候，也少不了相互打趣。听我说起病床上曾念叨吃黄瓜，做东者遂让服务员加上一盘黄瓜。大家各自吃上一截，竟然一个个都吃出了与平常不一样的味道。

是的，对美味的认定，其实很简单。就像因了五十多年前一次住院，自己半生都一直爱莴笋，我想，有了这次住院经历，往后时日，说不定自己又会爱上黄瓜。

在飞檐翘角的光影下徜徉

坦水环抱滋养的坦田古村，我前前后后去过多次。或因工作，或陪朋友参访，多是走马观花。但每去一次，总会有不同发现，会有些新感悟。

古村位于我现今落居的双牌县，而早些年，却还是我故乡所在的道县所辖，很有些偏远。而今，一条新修的公路穿村而过，便捷了许多。清明回老家祭祖，携家人顺道再去坦田看看"岁圆楼"。

坦田立村已有千年历史。宋真宗年间，一个叫何守琮的，官至大理寺评事，告老还乡后来到坦田定居。到明朝建文元年，其十三世孙何宗器中举，官至都察院监察御史。为光宗耀祖，明成祖永乐元年（1403年），何宗器主持编修一部《坦溪世家何氏族谱》，才让数百年之后的我们，得以知晓这个家族当年的故事。

坦田村的兴旺，始于清道光十六年（1836年）何守琮二十四世孙何贤寿建造"岁圆楼"。何贤寿自幼丧父，由寡母养大，忠厚诚信，聪敏勤奋，靠做棉花生意赚得盆满钵满。此后，广置田园、筹划修栋宇、建家塾，岁圆楼便是其杰作。据说，岁圆楼的打造，前后历时二十余载，专门供养一批木匠和石匠。到如今还流传着"养死木工，累死石匠"之说，足见工程之大，耗时之久，镌刻之精。

除了开村的守琮公和主持修谱的宗器公，坦田村往后借由入武和科举入仕，还出了不少官阶不等的文武官员和名士。所以，坦田何氏家族曾是官宦之家，声望显赫四邻。这里曾是望族大户，姹紫嫣红开遍；这里曾经宾朋满座，雅客云集；这里曾经也是深宅大院，很有几分威武。

按《何氏族谱》，坦水"挠之无波，澄碧似镜，涓涓不枯，亦复不泛""坦水备矣，因以水平得名……盈虚若一，流行不息也"。

尽管久历千年，以今天的眼光审视，岁圆楼的"规划"仍然堪称颇具匠心。村庄和房舍排水设施尤为科学，雨季水不漫，旱季水不干，干湿两相宜。四周有院墙，房前有宽敞青石坪，院落对面有华丽照壁，壁上塑有"八仙过海""姜太公钓鱼""何仙姑登天""女娲补天"等寓言故事彩绘。还分门别类建有迎宾楼、藏书房、戏院、花园、祠堂、油坊等配套建筑，功能齐全。

庭院里每根立柱之下，各有一六面形石柱础，都雕有精美图案。龙牛羊马鹿、花鸟鱼竹松，姿态各异、栩栩如生。大门门框均为整块条石砌成，门前设置方形四柱门亭，门亭上镂空雕成龙头、麒麟等护院瑞兽，门柱上刻有"马山萃秀、坦水流祥"和"廉泉让水、义路礼门"两副对联，不仅书法别具一格，蕴含的意思既囊括坦田自然地理风貌，又凸显岁圆楼主人崇尚礼义廉耻的道德思想。

说到门柱上的对联，经到访坦田的何绍基文化研究会几位专家考证，当是何绍基的父亲、清代工部吏部与户部尚书何凌汉的墨迹无疑。据何贤寿后人何首元老人介绍，何贤寿祖父辈何起达，嘉庆八年（1803年）授岁进士。与次年高中探花的何凌汉，既同为道州乡党，还曾与何凌汉结为"同庚"。因此，两家有同姓世家之谊。

基于此，何起达后人新婚志庆，何绍基便曾亲笔题写一副对联诗相赠。诗联曰："不是畏寒疑不放，要留春色占江南。休怪题诗难下笔，枝头鸟语话红妆。"主人得到题诗如获至宝，将其镶嵌在做工极精致的红木婚床两厢雕花板上。至今，那张保存完好的红木床，还令参观的人惊叹不已。游客一旦问起何绍基墨宝，主人则以各种托词搪塞，绝不愿意示人。我费尽周折，也只是看到了两张照片。

岁圆楼各种构件雕刻，汇集阴刻、浮雕、圆雕、镂空雕等技法，无不蕴含着吉祥寓意。譬如"马上封侯""麻姑献寿""喜上眉梢""松鹤延年""福禄寿喜""福寿齐眉""鱼跃龙门""长命富贵""福荫螽斯"等，堪称儒家、佛教、道家乃至民俗文化的融汇，展示了这座一宗族千百年聚族而居的历史状貌，折射出他们的思维、理念和人文精神。这座偌大庄园飞檐斗拱的气势，彰显着主人当年不凡的梦想，从不同侧面映衬着农耕社会一代代朴实农人对美好生活的向往，对后世子孙人丁兴旺、发财富贵、科举入仕、幸福平安的虔诚期盼。

然而，就像《桃花扇》里那段唱词："眼看他起朱楼，眼看他宴宾客，眼看他楼塌了。"

与大多数传统古村落一样，岁圆楼当年的韶华逝去，荣光不复，先人的美好愿望大多成了过眼云烟，残留至今的，依然是一地颓迹。虽见从遗弃在颓垣断壁下一只旧石缸底部，顽强地冒出一两丛麦冬，照样青青油油，张扬着生命的色彩与芬芳，但终归不能掩饰岁月的斑驳。犹如在这清明时节，平时外出到广东务工的游子，纷纷归乡祭祖，村巷中不时有色彩靓丽的身影穿梭于飞檐翘角的光影里，幽静的古村变得热闹起来，但仍然无法打破岁圆楼的孤寂。后园里那棵梨树，开着满树雪白梨花，让我想起苏东坡那句诗："惆怅东栏一株雪，人生看得几清明。"

每一株古树，一圈圈年轮，都铭记着经年故事；每一堵残垣，一道道墙缝，都塞进了岁月记忆。如王国维《人间词话》所云："一切景语皆情语。"

历史的沧桑，凝重了回望者的情思，不免让人觉得心有戚戚。

坦田那一摞早已发黄的《何氏族谱》，载录有《百字劝》《百字戒》和《家训十条》，这无疑是一部颇能润泽后世、极具传承价值的谱书。《家训十条》有："循天理、正人伦、奉祠堂、尽丧礼、谨婚姻、慎起造、节饮食、省衣服、悯仆婢、惜六畜。"说到"慎起造"时，有"过华则伤财，太陋则失礼"之类的告诫。

发家之后的何贤寿荣归故里，选择大兴土木兴建岁圆楼。他最初筹划建造九栋一百九十八间房屋，后因种种原因，实际只建了"六如第"和"二润庄"两栋，以及一栋专门用于接待达官贵友的迎宾楼——福清馆。随后，其长子何昌仁在道光二十五年（1845年）中举，就职天津府，接续出资饰修岁圆楼并增建两侧横屋、藏书房，支持父亲实现梦想。可没多久，何昌仁病逝，令贤寿公气病交加，元气大伤。不得已将工程交其四子何昌智接手，再建成一栋"泗玉腾飞"。至此，贤寿公勾勒的蓝图尽管仍没完全实现，但经两代人接力打造，一个庄园的雏形已经形成。

岁圆楼矗立于祖宗选定的风水宝地，确实给这个家族带来无尽荣光。据说，主人当年给自己宅第取名"二润庄"，是取"富润屋，德润身"之意，主人既非官人，也非文人雅士，富甲一方后尚有如此境界，实属难得。

但他取名"六如第"又是为何？我似乎找不到确切答案。

此前，尽管曾与友人一起揣摩过一百多年前岁圆楼主人的心思，友人纷纷拿出宋代苏东坡为侍妾建"六如亭"和明代唐寅自号"六如居士"的例子，推断说这"六如第"之名，无外乎就是借佛教《金刚般若波罗蜜经》中"梦、幻、泡、影、露、电"六者，形容一切现象全非真实，取世事空幻无常之意。对此，我还是不以为然。

苏东坡贬居惠州，政治失意，生活孤独，身边只有一个叫王朝云的女子，甘为侍妾，不舍不弃陪伴着他。王朝云病逝，苏东坡在她墓前修亭，命名"六如亭"，是自己颓废至极的心境表达。晚年的唐伯虎，亦是精神极度空虚，不仅"皈心佛乘，自号'六如'"，甚至还将自己的屋舍改称为庵，这便是佛语所说的境由心造吧。而"六如第"的主人，驰骋商场顺风顺水，彼时完全是"刚刚好"的状态。他赚大钱后返乡构筑他的庄园之梦，正壮志满怀呢！

可是，经年岁月涤荡之后，当年的"六如第"里，如今还有什么？前庭后院，前堂后室，左右厢房，庭深几许。建筑的格局虽在，屋内陈设，则因新主人喜好而不同。"飞檐画栋，无不冀望传百世；锦衣玉食，何曾遗福享子孙？"如此豪宅，自然是一代代轮换着主事当家的人，有道是人非物亦非。

女作家斯渡去坦田采风，写有散文《行走坦田》。徜徉于岁圆楼飞檐翘角的光影下，她感慨万千。我给她这篇美文写过短评，文章里几句很有哲理的话，便一直记得："岁月会在从巷中穿过的老牛身上留下一层苍老的绒色，而在田野的身上呢？时光奈何不了一方田野，也奈何不了一方青石。""这耗资巨大的岁圆楼，留给我们的只剩一个建筑标本。"

是啊，岁月之书一页页翻过，岁圆楼终究没能逃脱与家道中落相伴走向衰败的宿命。穷时不曾堕志，得富岂可张扬？难道真的应了"官不过三代，富不过三代"那句魔咒吗？或许是吧。而我，还是想到了谱书里"慎起造"那句家训。

族谱还收录一篇每段四句共二十三段的《为人益鉴》劝诫歌。最后一段"为人切莫吹洋烟，吹得洋烟事不专；若是吹烟终不改，吹来吹去不长贤"，当然是规劝族人不要吸食大烟。而在岁圆楼南侧池塘边上，有一栋略有些神秘、风格稍显不同的房子，修建于"鸦片战争"之后的咸丰年间，却是当年的"烟馆"——专门贩卖和供人吸食鸦片的地方。紧挨着烟馆二十来米，是一座被称作"状元楼"的四合院，是过去村里的学堂。这个村的村史，并不曾有出过状元的记载，学堂被命名为"状元楼"，修建学堂的先人们的初衷，当然是对后辈寄予了深切厚望。可又有后人竟让这堪言十足罪恶之地的"烟馆"，与孩子们读书的学堂为邻，不免让人觉得很是滑稽。

想起了那段有关张信的故事。南宋淳熙十六年（1189年），江西人王阮时任知县主政定海，期颐辖地内文风兴盛，先是重建已荒芜的学宫，又出面集资造桥，连通商业繁荣的东西大街。传说，匠人造桥时挖得大石一块，王阮令人刻上"人从石上行，状元此时生"的字样,将其立于桥头,将此桥命名为"状元桥"。果然,从那以后,定海举人渐多,甚至隔期有进士出现,尤其是明洪武二十六年(1393年),居状元桥附近的张信喜中解元,次年再中甲戌科状元。邑人遂在状元桥上镌刻:"天开文运,石著谶符,张公应魁,启我后儒。"

通常来说,一般的状元桥、状元塔或状元楼,是先有状元再有桥、塔或楼的。定海斯处,却是先有桥再有状元,说起来也是一段佳话。而坦田村里,最终没能出个解元、状元,大概是何氏后人背离先辈们先前建"状元楼"初衷所致。

从村中一穿而过的一条石板路,由北而来,往南延伸,直达远方的海岸,被称作潇贺古道。它既是当年秦始皇南征百越的"兵道",也是中原文明向南递进、湖湘文化向外传播的"官道",还是南北方茶盐互换的"商道",事实上,也让坚船利炮护送下跨洋过海强行而入的鸦片顺道而至。

过往历史,如同两条铁轨,一条是庙堂历史,另一条是江湖或乡野历史。每次去岁圆楼参观,移步走近昔日烟馆与状元楼两处建筑时,思绪总是不自觉地瞬间穿越到一百多年前的某个时日。我脑海里闪现的,是三三两两的商贾和乡民,慵懒地躺在雕花床榻上,吞云吐雾,眼色迷离,陶醉在天国的梦幻里;耳边响起的,却是孩童们抑扬顿挫诵读四书五经的稚嫩声音。美好与丑陋,抑或邪恶,就这般混搭着。诗书的芬芳与烟馆飘荡的腻污气味夹杂掺和在一起，顺着潇贺古道蔓延开去……

想起有次陪两位省城来的作家去岁圆楼参观，其中一位突然问我个问题。他说据他所知，何绍基与曾国藩、林则徐是十分要好的朋友。林则徐矢志禁烟，而与何绍基父子交好的家族，竟然都有自己专门的烟馆，如若当年林大人有知，不知会有怎样的感慨。文友意味深长地发问，我真不知道该怎么作答。

所幸的是，今次游览，看到昔日烟馆，已辟为禁烟禁毒教育基地。馆内悬挂着一排排宣传资料，参观登记册上密密麻麻留有到访游客和中小学校组织师生来此参观所写的留言。我想，这才是正道，是对在族谱里定下族规的先人们最好的交代。

那些由无数代人总结出来的经世致用的族规、家训，不能仅仅刻写和尘封在厚厚的族谱里。唯有子孙后代矢志不渝地用行动去践行和传承，那些立下的规矩，才有真正的价值和意义。

离开坦田，归途之中，岁圆楼的话题仍意犹未尽，思绪似还散佚在那些飞檐翘角的斑驳光影里。言谈间，我不时扭头看看后座上的两个孩子，他们只是傻傻地回我一笑。

滑向虚拟世界

"他当初没玩网游时,看到那些'玩泥巴''玩UO'的人蓬头垢面坐在电脑前,一天到晚乐于所谓的'砍怪',觉得极不可思议。"

"不知怎的,没过多久,他自己也沉溺进去,变成此前自己最恨的那类人。"

一天傍晚,几个文友雅聚散场,出酒店各自归去,与我顺路的阿蕊,同我一边散步回家,一边跟我东一句西一句聊天。打开话闸子之后,她背台词似的一个劲吐槽自家那位痴迷于网络游戏的老公:

"网游就是这样,你24小时上线,就24小时有在线玩家陪你玩,其实也就是大家互相'守尸',真的很难令人停得下来。"

"每天八小时之外的时间,差不多就这样耗过去,家里哪有温馨可言……"

初秋的夜色原本就美,又有各式各样的景观灯加持,虽说不上璀璨斑斓,但小城之夜的魅力却并不输大都市太多。间或一缕清爽之风袭来，随风传来的有广场舞伴奏铿锵的旋律，也有不同位置交替响起的轻扬琴声或萨克斯的磁性声音，与永水河畔起起伏伏的蛙虫之鸣巧成协奏。因为阿蕊倾诉欲望略有些强，我只好有一句无一句地回应着她，欣赏夜景便没了心情。

真还别说，没等我们步行到家，我的思绪也不自觉地转换到网络之事上来。如今这网络，倒也真的非比寻常。

时间回溯三十年，那时的我，还是个二十出头的小伙子，在一个机关单位工作。记得有次县里组织例行学习培训，给参加培训的人讲在当时属于严格保密的某国一项计划，是对方早在1951年制定、专门用以对付中国的"行事手册"，代号为"十条诫令"。

昔日被当作机密的，如今早已解密，内容公开在网络上，尽人皆知。其中有类似于这样的表述，大意是"利用无线网络向中国青少年一代输出完全不一样的价值观，并让他们渐渐沉溺于虚拟的网络世界不能自拔"，云云。

在我们彼时的认知里，能用作通信联络的，除惯用的写信寄信，就是发电报和打电话。拍发电报很贵，只能在突发特殊情况时被用作应急，比如向远方亲人报告家人急病病情甚至噩耗之类。电话机很少很少，也不是普通人常用的联系方式。除发电报以外，什么叫无线网络，真的几乎没人知道。所以，那时对"沉溺于虚拟的网络世界里不能自拔"这样的句子，其实大多数人并不懂它的意思，当然也就对对方那些所谓的手段究竟能起多大作用，普遍持怀疑态度，私下里认为很夸张。比如我，当时就是这样的想法，不信什么网络世界能让人沉溺其中无法自拔。

但这世界真的是变化太快。没过多久，电话机也渐渐走入小城市普普通通的万千家庭，紧跟着出现了挂在裤腰带上的BP机和握在手里可边走路边打电话的"大哥大"，然后又有了电脑，街上一家挨一家开起了网吧。原来浑然不知的互联网，就如此这般渗入我们生活。我家安装电话是1996年，我戴上BP机是1997年，手里揣上大哥大是1998年。2000年年底出差到北京，从旧货市场带回的二手电脑是家里买的第一台电脑。

2002年岁末，我变换工作到乡镇供职。这个乡离县城虽然并不算太远，只是若要借由公路去往乡里，要绕行很远，近六十公里，还都是狭窄崎岖的山道，一般的车去不了。故而往返县城和乡里，最好的方式是乘船。船只航行在一个截河堰塞而成的大型水库里。水库两岸群山绵延，层峦叠翠，不同季节变换出不一样的湖光山色。蓝天白云之下，湖水清澈明净，湖面波光潋滟，鱼跃鹭翔，景色倒是美极了，有"小三峡"和"赛漓江"之美誉。

但慢悠悠还拥挤不堪的客船，搭乘次数一多，免不了有些生烦。客船每天运行的班次还少，很不方便。在那儿工作那几年，养成没啥大事急事就待在乡里不愿出来的惰性。

生活枯燥，无聊时便学会上网。

那会儿玩过QQ聊天，玩过51博客，后来再转场到新浪博客。QQ聊天遇到的"好友",当然也与现实生活包括工作圈里的人有交集,另一些则完全是网络中偶遇的,是虚拟世界里的朋友,叫网友。在网络上,交往到一定程度,什么都可以聊,不少人比现实生活中的朋友还黏糊亲密。有的网友间,甚至到了互为言爱的地步,奔着见面而去。不少婚姻和家庭,因此而分崩离析。但很大比例的网恋,最终都沦为"见光死"。

其时的QQ软件里,还开发了一款叫"QQ农场"的游戏。"农场"里"栽"下的农作物,定时会有"收成",主人需按期去收获,否则,路人便可去偷采,借此"身份"升级。这款游戏,由此而被形象地叫作"偷菜",很有诱惑力。"农场主"和"路人"都是玩家,为了及时采收自己种的菜或偷采别人种的菜,不少人用闹钟定时,半夜翻身起床,坐到电脑前上一会儿网,像是完成了一个很重要的任务。

第二天早上上班途中或在某处吃早餐遇上熟人,或者上班到达办公室同事见面,第一句话往往是说及昨晚收菜或偷菜的事,如若对方的菜幸而被自己偷了,会很得意地说上一句:"呵呵,真开心,又偷了你两个萝卜!"

我是无意中被同事中的一个小年轻拉进去玩这款游戏的,当然没有沉溺其中,体验一番之后,倒是写了篇小散文,叫《"游戏"偷菜》,投稿出去换了笔很小额度的稿费。

如今,QQ聊天、QQ偷菜及博客,早被大家抛弃了。微信朋友圈、抖音、视频直播成了新的时尚玩法。这些都让人无法抗拒（或许绝大多数人并没抗拒过）地进入我们的现实生活中，并与我们的生活日常紧紧扭合在一起。虚拟，已关联到现实，二者密不可分，你怎么能自拔？！

　　网络及对网络的运用，让我们的生活变得越来越便捷和智能，这当然没错。对其好处的描述，自可成篇，十万字也绝不嫌多，在此我们暂且先作省略。不妨来说说我们常能看到的一些现象，比如在早餐店，不止一个人一边嘴里吃着早餐，一边眼睛盯着与碗并列放置的手机屏幕。又比如在会堂里，主席台上情绪激昂地讲着话，台下不小比例的人却盯着自己的手机屏幕。地铁车厢里的乘客，同一张茶台上的茶友，同一个客厅沙发上的家人，甚至同一张床上斜躺着的夫妻，常常是每个人都在自顾自看着手机屏幕，一会儿会心一笑，一会儿频皱额眉，在虚幻的世界里表达着喜怒哀乐。

　　不知自何时起，很多人已变得无法和另外的人直接面对了，总要假借一种媒介，总要隔些距离，方可无所顾忌地完成言语和动作的表达。那些最不愿意面对真实人群的人，却是最热衷在网络上面对虚拟世界之人。与至近至亲之人无语，却与无亲无故甚至"不识庐山真面目"的人打得火热，这是对现实生活重压的消减与逃避，还是得过且过的自我麻醉？不知道。

　　我们每天对着电脑或手机屏幕喃喃自语，无论你是一个网络主播，还是一个会议达人；无论你是一个老师，还是对着电脑甩手踢脚上体育课的稚童……不知道是主动还是被迫，我们就接受了这种方式，并习以为常——可如果我们把面前的电脑或手机撤掉、遮挡，便会看到一个人痴痴愣愣地手舞足蹈，看到他无端地狂笑与哭闹。我们不小心丢失了某一件物品，甚或一定额度的金钱，我们自然也会沮丧和不开心，但那样的情绪不会持续太久。而我们丢失或者说哪怕是出门时忘了携带自己的手机，那情绪糟糕的程度绝对远超丢失物品与金钱。

去年，身体抱恙躺上手术台，住院将近一月。出于打发百无聊赖的时间，爱上在手机上刷微信视频，知道了啥叫微信直播。

微信直播、抖音直播、快手直播等，都是借助互联网衍生出的一种新业态。好处自然显而易见。某日傍晚，我沿着永水风光带散步，去城市南郊呼吸新鲜空气。信步闲逛，来到一片菜地，碰到有人正架着设备做网络直播——一边直播菜农择菜洗菜，一边介绍所在城市气候如何好，蔬菜基地如何原生态，蔬菜产品如何有机无农残。直播者不时转动摄像的手机，引导那些看直播的网友欣赏永山之青翠、永水之碧绿和落霞之灿烂，不时隔着手机屏幕与热情的粉丝打招呼或对话互动，一会儿又对订购蔬菜的顾客说一番感谢的话语。我扭头去看一旁采收和分装蔬菜的菜农，快手快脚地忙个不停，脸上分明满是笑意。

受此启发，散步折转回家的路上，我竟也心生开直播的念头，思量着如何凭借格外顺畅的网络途径，推介潇湘之源厚重的历史人文。

待在病房里那会儿，看直播看得更多的则是与此完全不同的另一类直播，叫"打PK"。就是一个主播与另一个主播约定"干仗"，事先拟定输赢之后的惩罚，以两个主播各自的粉丝和所谓的"大哥""大姐"帮主播刷礼物的多与少，衡量"PK"的输与赢。输了的主播兑现承诺，自行完成事先约定的惩罚。这些所谓的主播，除了一个劲地直接引诱洗脑和鼓动粉丝刷礼物"割韭菜"，还间接地传导唯利是图等一些不良三观。

出于互怼，进工厂打工干实业，被网红们讥讽为"打螺丝"；进公司找岗位上班，被笑话是没出息。凭借一部手机，申请一个直播账号，做些粗鲁低俗的游戏哗众取宠，便可收到打赏，无需辛苦劳作就能轻而易举获得高收入。

如此这般，当年不知何谓电脑的我们，已真正进入网络时代，貌似全民都在双手不停地刷屏，都想循此道营生甚至发财。而在广东东莞开厂当老板的堂弟，上次假日回老家相聚，席间不止一次抱怨现在工厂很难招足工人，说年轻小伙子小姑娘们，已不甘愿穿上工装踏踏实实去务工。回到故乡，穿行在村庄巷道间，漫步在村前田畴里，所见几乎是我一般年岁的人，少有见到年轻人驻足乡村安心农事。那些焕发着生机活力的后生们，都到哪儿去了呢？

"当那些'50后''60后''70后'们一个个老去，也不过十年二十年后，中国最大的危机是粮食。"读书读到这段时，最初还多少有点不以为然，仔细想想也真是的。堪言种田耕地行家里手的一代人日渐老去，"80后""90后""00后"们都不屑于种田，也不屑于进工厂"打螺丝"，只顾沉弱于这虚拟的网络世界，还真是细思极恐呀。

所幸此文落笔成文之时，看到一则新闻报道。为表彰工程技术领域先进典型，激发引领工程技术人才埋头苦干、建功立业，国家正式设立"国家工程师奖"。首次表彰的86名"国家卓越工程师"和50个"国家卓越工程师团队"，几乎涵盖科技创新各个领域。这对时下年轻人有些走偏的"三观"的重塑和未来价值取向的正向引领，无疑是极好的讯息。

毛院里的那些鸟儿

"呜呜呜""咕哚""啾啾啾""咕咕"……

各种叫不出名的鸟儿欢快的叫声，交替或叠加着从窗外挤进来，钻入耳孔，撞击耳膜，犹如定时闹钟将我从睡梦中唤醒。起床拉开窗帘，一股清新的风裹着青草和桂花的幽香扑面而来，像母亲的手轻抚自己的脸庞，是很受用的那种感觉。就是这种惬意，开启了来"毛泽东文学院"学习的生活，也开启了一天美丽的心情。

毛泽东文学院，通常被简称为"毛院"。参加省作协举办的首届少数民族作家班培训，时间长达一月之久。像穿越回学生时代，端坐在阶梯教室的报告厅里，聆听一众文坛大咖讲授文学之美与为文之道，重返按作息时间表起居的生活节奏。

如果硬说有什么是沿袭往日在家时的惯常，那便是一早一晚的散步。除下雨天外，每天清晨或傍晚，在毛院大院，沿环形车道一侧，顺时针或逆时针散步三五圈，每次足有两千多将近三千米的运动量。这正是时下这种生活状态所缺少的。也可约上一两个学员一道，一边做运动，一边聊文学，或分享各地的人文故事与风景风情。

一天清晨，独自在院里散步，在一拐角处瞥见一名着装像酒店服务员模样的女子，背对我坐在一个狭小角落里看书，神情专注，完全不曾察觉我已驻足她身后。待她听到动静回头看我，我微笑着表达了一下打扰到她的歉意，趁机近身去看她所读书的书名——稻盛和夫的《活法》，一本超级励志的书。看来，这毛院里的氛围和所遇，还真与他处稍有些不一样呢。

在大院里散步，是一定可以更近距离听到鸟叫声的。路的两旁及院内各个角落，绿化做得都很别致。不同树种高低搭配，错落有致。修剪成球形或塔形的灌木，或是条形带状绿篱，恰到好处地补位。铁栅之外，西边和北边是长满花草树木的一座小山，东边和南边则是宽宽的立体绿化隔离带，将车流奔行的岳麓大道、观沙路连同城市的喧嚣、迷离，与文人齐聚、文气氤氲的毛院隔离开来。这绿树和绿篱的枝叶间，自然成了鸟儿们栖息和嬉戏的乐园。欢聚其间的鸟儿的鸣叫，各有不同旋律，此起彼伏地响起，像极了一场正在上演的谁也不甘示弱的赛歌会。

生活在毛院里的鸟儿很淡定。它们似乎并不怎么惧怕我们这些从其身边路过的人。花坛和茵茵绿地，亭榭和通幽连廊，到处可见小鸟自由自在地跳跃。它们或低头觅食，或相互梳理着靓丽的羽毛，猛然间又腾空飞起，从我身边滑翔而过，在半空划出一道弧线,然后落在某棵树木的细枝上。鸟儿随着树枝晃动,如同是在顽皮地荡秋千。

新结识一位同在毛院培训、从西藏远道而来的藏族作家,一天傍晚与我一起散步。因为晚餐吃自助餐取食略有超量,剩出两截玉米又不舍得浪费,她便顺手带出餐厅,在散步途中剥下玉米粒,向路旁追逐玩耍的鸟群轻轻抛撒过去,瞬间引得鸟儿们"扑棱棱"过来竞相啄食。有两只鸟更为胆大,蹦跳着接近我们脚边。那种不设防的自信,难道它们知道自己所遇尽是不怀恶意的文学人?嗯,是的,我想大概如斯。

又一天早晨,我如常散步,漫步间突然发现一只翅羽未丰的麻雀雏鸟,跌落在前方草地上。另一只大麻雀,像是雀妈妈,"喳喳喳"急切地叫唤不停,轮番在路边两株树的枝丫间飞起落下。或许是雀妈妈在呼唤同伴前来救援,或许是竭力阻止我这个闯到雏鸟身边的"不速之客"伤害她的孩子,抑或是在鼓励和指引小雏雀学着怎么起飞逃离险境。经过数次蹒跚挪移,小麻雀终于"飞"到了铁栅栏另一边,钻进绿篱,雀妈妈也随即追过去。一会儿,便不再听见那一大一小两只麻雀鸣叫的声音。

走出很远,我仍不时回头张望,使劲搜寻它们的身影。那对麻雀母子的样子,仍在眼前晃来晃去。我心念叨,小雏鸟藏身绿篱安全吗?你们其实无须躲我的。一会儿,我又想,我这担心是否多余?也许,是雀妈妈故意将雀宝宝放置在人和绿篱里鼠蛇之类"敌人"面前，以此锻炼它的生存本能。这跟树林里那些鸟和别的动物锻炼自己孩子生存能力的方式，岂不是如出一辙？说不定，真有可能是雀妈妈故意让自己孩子跌个跟头，借此逼迫雏雀使尽全力爬起来，逃离危险以求得生存。这样遐想着，我竟自叹我们人类之爱孩子，真有点不如鸟妈妈了。

毛院宽大的报告厅洞开着十余扇窗。学员们进到报告厅听课，都喜欢拉开窗帘，推开玻璃窗，让室内愈加明亮，更通风透气。这也让一些小鸟得以自由进出。座位在后排的我，得见有鸟儿不时飞进窗户，落在学员座席之后空空的地板或那些多余的桌椅上，不管不顾安详戏耍，不一会儿又从窗口飞出去。也有些小鸟，一会儿从屋檐往大厅里探头，一会儿飞落窗台，叽叽喳喳叫着，像是在开讨论会，并不顾及大厅里的讲课。

我们不懂鸟语，当然不知道它们叽叽喳喳的叫声，是否在相互说着什么。我也不知它们听不听得懂我们人类说的话，听不听得懂诗人们吟诗。我甚至猜想，三三两两的鸟儿飞进报告厅来，抑或也爱了这文学的气场，相约来蹭文学课。尤其它们如若"遭遇"某位大咖讲起生态文学，听懂文学人关于人与自然和谐共生和"万类竞自由"的呼唤，哪能不奔走相告呢？

怪不得毛院里的那些小鸟，它们歌吟般的欢叫声，让人听起来倍觉婉转悠扬。原来，此处的鸟儿，是有文艺范的那种，它们自然比别处的同类，活得更幸福几分。

青山依旧（外一篇）

一座拥有一百余座明清古民居建筑群的古村落，背依古木林立的渺渺青山，呈半月形分布在山麓，前面是广阔的田洞，布局极为讲究；古民居层楼叠院，各成一体，又相互依托，相互辉映，相互连通成一个整体，古色古香，神韵别致，大气隽美。我陪省城来的几位作家去往五里牌青山里村参访，文友们瞬间被她的古朴典雅、浑厚底蕴和人文魅力折服。

友人也有不解，说她为何叫作"青山里"呢？

《胡氏族谱》载，明洪武三十年（1397年），在那场"江西填湖广"大迁徙的裹挟下，胡氏先祖明一公携子胡受四从江西泰和迁居零陵荷叶塘。后胡受四从戎，官至长沙卫指挥使，累积丰盈财富，然后解甲归田，择此购买田山地土，落居繁衍后代。至其后五代，别的支脉或徙迁他乡无踪，或从戎参战阵亡，或家道衰落无嗣，唯一位叫胡永昂，字"青山"的，一脉流长，人财兴旺。他持家有道，富甲一方之后大兴土木。倾情营造的家院村落，历经无数的动荡和战乱，甚至抗战时期遭日军焚烧，也仅是毁其一角，大部分建筑依然精致精美地挺立在那里。他繁衍的后代，已是一个庞大的村庄及数千人口。子孙们感其福荫，遂将其名号用作这个村庄的名字——青山里胡家，取意"留得青山在，不怕没柴烧"。

这个村申报列入国家传统村落名录时，恰好我正职事城乡规划工作。我犹记得，一次评审会上，几位堪称古建筑研究专家的大学教授，翻开这个古村落保护规划文本，看了看所拍的实景照片后，都发出了阵阵赞许声。

古村落由新院子和老院子两个院落组成。

我们一行走进新院子东厢房时，一位原本忙着打扫卫生的住户大嫂，停下手里的活计，一边热情地说道起他们家族的祖先，一边指引大家欣赏她家住房的木雕窗花。还指着她家堂屋木壁上的雕花窗户说，先祖当初请来上好的工匠雕刻的龙、凤、龟、麟、祥云、瑞兽、花鸟，活灵活现，不仅自己看着喜欢，也遭到一些心怀不轨的人惦记。当初没在村里安装监控设备时，花板有好几次险些被外来的小偷盗走。她说起自己如何保护这些雕饰的故事时，妙趣横生。

西厢房，比东厢房规模更宏大一些。单从房子里十分特别的地面，便可看出端倪来。那屋子的地面，说是用三合土打制的，其实所用材料远远不止三样。那都是用了糯米饭、石灰、桐油、黄沙土，拌以瓷粉配制而成的拌和土。地面上直接绘制了鱼、虾、荷、蟹等图案，几百年来都不曾裂缝和剥蚀，令人惊叹不已。一位看上去不下七十岁的住户胡大叔指了指自己卧室里的镏金雕花月牙床，说是父母传给他的，不知具体有多少年了，但至今仍完好如初。

古建筑里的门当户对、石雕石础、木梁木柱、门扇窗花、飞檐翘角、明沟暗道，历经四百多年的沧桑，仍如一件件艺术珍品一样精美。透过这些，不难想象这个家族昔日的昌盛与繁荣。

在古代，一个家族拥有的财富越多，这个家族繁衍生息就会越快。富庶的胡氏一族在青山里立村生根后，一代代开枝散叶，先后派衍出老院子和新院子两个院子。再往后，一个个家族支系慢慢壮大，又有了旁移伴居在周围的麻园里和田洞里。家族大了，村子大了，难免会生出一些小小的利益纠葛。于是，原本一族同宗的青山里胡家，后来便也衍生出塘基上、麻园里和田洞里三个村来。但不管怎么分家，怎么分村，胡氏一姓的子民却不曾离心离德过。

三合土地面上刻画的图案，鱼、虾应该是期盼永续富贵，荷、蟹自然就是期许子孙后代和谐和睦了。就这一个装饰图案，老祖宗的家训，已巧妙寄寓其中。

三三两两穿行于古村巷道间的来访者，见到村里一群群上了点年纪的村民，三五成群地围坐在一起，悠然地喝茶聊天，或自顾自玩牌下棋，尽管外乡人涌到身边，也全然处变不惊。

村里有宗祠否？同行中一人非常热衷考察宗祠文化，说不如去看看胡氏宗祠吧。

是的，一个村落的宗祠，便是这个宗族的象征，是这个家族的圣殿。往往会是它归属的村落中规模最宏伟、装饰最华丽的建筑群，一般都有祖先堂、议事堂等功能区域。我们跟随镇文化干事小李移步到胡公祠，边看边听她介绍。

祠堂占地规模较大，保存也比较完好，却并没看到别处宗祠那种排场和奢华。小李解释说，胡公祠之所以没像别的祠堂一样遭到拆毁，是因为此前一直被用于办学校。我们在宗祠里还看到一些涂写在围墙上的警句良言的痕迹，诸如"勤奋守纪、团结好学"之类。如今，学校搬走了，又安排村里一些老人在里面生活，像是祠堂又被用于办村里的敬老院了。

一位在敬老院里照顾老人生活的中年妇女搭腔说，几乎所有在外工作的人，每次回村，总要到胡公祠来走走，顺便也会关心一下住在里面的这些老人。

我想，当年胡氏先祖建起这个祠堂，在这个神圣的地方，一定无数次宣示过《胡氏族谱》上"崇报本、睦宗族、勤耕作、专读书"的祖训和族规，告诫后人要礼尊"天地君亲师"。胡公祠先后被用来办学校、办敬老院，当然便是应有之义了，与尊祖崇贤实无二异。所以，这里人杰地灵、人丁兴旺、人才辈出，自是当然。

小李还告诉大伙，前几年乡村建制调整，原来由胡姓一族析分出来的塘基上、麻园里和田洞里三个村,又重新合并为一个青山里村了。诗人忠华君笑了笑说:"胡公祠本来就是这个家族的精神家园,借此一族归宗,不正是一件很好的事吗?"

立身胡公祠前新建的村广场,放眼环视青山里村,因精致精美、古意浓浓而荣列中国传统村落名录,温文尔雅,自带光芒;但见日渐富起来的村民们,新建的一栋栋别墅式花园小洋楼,如扇形一样在四周分布开来,掩映在绿树田畴间,古村新意,相得益彰。特别是田畴间,乡村振兴对口支持后盾单位援建的蔬菜大棚,一垄垄连绵成片。满脸幸福感的乡民们,在大棚间进出劳作,好一派诗意田园的新气象。映入我眼帘的,分明就是一幅幅大美乡村的清新画卷呢。

去到青山里这天,巧逢一个送戏下乡的戏班也来到村里,祠堂广场戏台前挤满看戏的村民。送戏的演员与村里爱好文娱的村民轮番上台表演一个个节目,博得村民欢笑声一阵接一阵。告别古村时,我在想,如此有底蕴、有内涵、崇尚和睦、敬老爱幼的青山里,有这些崇贤尚文、勤劳奋发的青山里人,这个村庄,当然会欣欣向荣、生机勃发;这块土地滋养的父老乡亲,也自然会倍感幸福安详。

沙背甸里

沙背甸,是潇水岸边的一个古村落。

她因何而得此名？我既没查到史志档案的确切记载，村里族谱亦无信证，甚至试图从村中长者口述里去寻些合乎逻辑的答案，也都似是而非。从村名字意上解读和从地形地理特征推测，大致应该是潇水河在这里出现一个大曲弯，受离心力作用，河水形成环流，导致河床凹岸侵蚀，泥沙却在凸岸大量堆积所致。譬如我故乡的一个村叫"洲背"，应该就是同一个意思。

沙背甸所在的原平福头乡，1986年前属原零陵县管辖，是当时较偏僻又偏小的一个乡治。这里外出通往古零陵城的路，就一条弯弯曲曲的小道，几十里地远。人和货物进进出出，乘船走水路更方便些。方便客货上下船的渡口码头，不知什么时候出现了。虽然具体时间不详，但这码头很有些历史也自然无疑，肯定算得上是个古码头。因为与码头自成一体的，是一条历史有些久远的古巷。

岁月荏苒，渡口码头原本的功能消失，以及古巷居民后裔一代代繁衍壮大、开枝散叶、立户迁居等原因，虽然古巷典型的明清古民居墙头上飞檐翘角还在，临街房子用作商铺的痕迹还在，高过半人的货柜柜台，让人耳边犹响起阵阵吆喝叫卖声，想起当年曾经的芳华与繁荣；填满暗影的小巷里，片片阳光洒在布满沧桑的屋脊上，单纯、质朴、恬淡的情调尚在，悠悠巷子里几户人家的老人，还不离不弃地厮守着老屋的寂寥；巷子尽头一座古牌坊，历经岁月洗礼，风雨剥蚀，墙体斑驳，歪歪斜斜，依旧显露出昔日精致气派的风骨，但古巷的衰落却无法逆转。

牌坊右侧那株古樟树，围径达十三米，虬龙般的枝丫附着共生一股股缠绕的藤蔓，树皮上长满了细绿的青苔，诉说着这株樟树的古老。树龄据说在四百年以上。岁月长久的事物，往往一不小心就将自己活成了大事记，而那些经年的细节，则被风霜雨雪涤荡得模模糊糊，毫无痕迹。

如巨伞一般的树冠之下立着一尊碑，明显是近年用水泥浇制的，但碑体里又镶嵌着半截刻了字的青石古碑，碑文模糊，却依稀辨识得出一些文字来。其中的"清道光己亥年"字样告知我，它记述的是距今一百八十多年关于这个渡口码头的故事。

我想起从这顺流而下四百公里之遥的长沙城，湘江岸边的一个颇有名气的古渡——"朱张渡"来了。南宋乾道三年（1167年），理学大师朱熹从福建崇安专程来到潭州（今长沙）造访张栻。朱熹在长沙逗留两个月，著名的"朱张会讲"由此展开。朱张针对理学中诸如"中和""太极"等问题，分别在岳麓书院和城南书院轮流开展讨论。两个书院仅一江之隔，朱张二人经常同舟往返于湘江两岸，"朱张渡"由此得名并声名远播。

当时，长沙已是区域性政治经济文化中心，达官贵人、文人墨客等社会名流活动的轨迹，都会有详细记载和存留。例如，清道光十一年，有杨振声捐银120两，交"道事"生息，充"岁修"费用；又有蔡先广、蔡先哲兄弟捐店铺两间，租金充作渡口经营之用，这样的事，就有志书留下确切记载。再如，朱张那次意义深远的学术交流，朱熹自己亦作诗记叙："泛舟长沙渚，振策湘山岑。烟云渺变化，宇宙穷高深。怀古壮士志，忧时君子心。寄言尘中客，莽苍谁能寻。"

朱张渡湘江东、西两岸，各立有一石牌坊，分别刻有朱张二人相约命名的"文津""道岸"字样。后来，太守刘琪还在岸边建船斋，学政汤敦甫清嘉庆十七年（1812年）亦捐建"朱张渡亭"于水陆洲（今橘子洲），岳麓书院山长袁名曜作记。古朱张渡此后一直是岳麓书院学子往返湘江两岸的主要渡口。

而沙背甸地处偏远，达官显贵和文人骚客到达的机会太少，来了也多半是行色匆匆，留痕太少，甚至没有。我读不出巷口那座牌坊匾框内是谁题刻了什么样的牌名，或许根本就没题刻什么。所以，这渡口虽然古老，却是无法跟朱张渡比名气的。

但我又想，朱熹、张栻，推理学鼻祖周敦颐濂溪先生为师，周敦颐故乡和其少年求学悟道的月岩都在道州，有"怀古壮士志"的朱熹、张栻及其弟子，是否到过道州拜谒"怀古"？

朱熹看来是没去成的。他的学生蔡元定因他而遭贬谪，发配道州监管，朱熹为蔡元定饯行时哽咽着说："你去道州，也算是一个好的归宿。我一生中数度订正、注解、研究《通书》，却无缘到先生故乡看看。你到道州之后，定要记得去濂溪书院，看看那里的祠堂是否安好，神龛上的尘埃是否有人拂拭，代为师添香祭拜。"蔡元定最终帮老师了却了心愿。

张栻呢？其父张浚从宰相之位遭贬，1150年、1156年两次贬居永州，直到1161年他才随父"返长沙，寓居城南"，父子俩一道创办城南书院，他与永州是有不解之缘的。他如有拜谒"怀古"，潇水河水路上的沙背甸古渡口，当然也就是他们必经之地了。那么，他们在渡口停顿歇息时，登临过这条古巷吗？

还有，在淡岩避秦、兴游承平洞写下"贞实来游"的周贞实；贬为道州司马、写下过《欸乃曲》的唐代诗人元结；在云台山枫王庙避居的王夫之，以及清代大书法家何绍基，从家乡道州外出求学、为官……他们同样都是经历过这里的。至于乡民们外出或归家、生意人的商货舟楫，等等，更是无法数计。所以，这里原本不是不够热闹熙攘，也非不曾来过名人，只是没人将他们之行踪或诗语，铭刻石头之上传留下来而已。

吴大澂留在浯溪的《峿台铭》有句："大贤已往，民有去思；思其居处，思其文辞……"穿行于古村落巷道中，徜徉在飞檐翘角的光影下，透过或清晰或模糊的留痕，怀想那些飘逝的梦影，是可以品味和感怀其中能醒脑安神的人文精神的；抹开尘封，说不定也会偶得我们长久寻觅的通关"密码"。想到这，我顿然有悟：那半截残碑上都还记载着一些什么呢？

我叫上擅长拓碑的友人，去将模糊不清的碑文拓回来辨认。原来，古石碑记述的是清道光年间百姓修缮渡口出资的情况。沙背甸村人清一色都是黄姓，尽管这石碑只残留半截，但碑上镌刻的，除大部分为黄姓人名外，也不乏其他姓氏夹杂其中，此外，还刻有"福星堂""荣发号"等商号名，且这些商号和异姓人名之后所列捐资数目，都略高于黄姓人出资数额。我猜想，这些异姓捐资人，或许都是常在码头营生的他乡人吧。

透过半截石碑铭刻的文字，脑海里分明浮现出昔日"福星堂"和"荣发号"里店小二穿梭奔忙的身影。透过这石碑，我更感受到先民们热衷公益的美德和行善积德、造福乡梓的淳朴民风。如前所述，长沙"朱张渡"在清道光十一年（1831年），同样也有杨振声先生等人捐出银两，以其衍生的利息，用作渡口每年的维修费用。一南一北两个渡口在一起类比，竟如此惊人相似。

虽然沙背甸渡口名不见经传，但也绝非一个野渡。

古渡口不远处已筑起一座发电站拦河大坝。古码头一块块留有印痕的青石板全都沉入河底，把青石板上写下的如烟往事也带到河床深处掩埋了。但我仍然相信，悠悠岁月，这个古老渡口，一定是有很多很多故事的。

逝水流年，我触摸岁月留下的痕迹，品读着这里曾经发生的些许故事，试图将那些难解的疑惑，或与那株跟渡口几乎同龄的老樟树独语，或与经年流淌拍岸的浪花对话：曾记否？可是，它们都没给我回音。

周末，县文史书画研究院几位文友邀我再去沙背甸。说是村里几位外出去往广东、浙江和天津发展，事业做得风生水起的贤达人士，有意还乡牵头重修黄氏宗祠，从宗祠文化入手助力乡村振兴，并捐资三十余万元设立教育奖励扶助基金。我欣然前往，见识几位新乡贤，得见村文化广场亦在扩建之中。

再次行走在连通潇水河码头的古巷，我仿佛看到无数身着长衫的身影穿行在眼前。他们或是走向码头乘船远行，不时扭头回望一眼，与送行的亲人挥手作别；或是从码头登岸归来，伫立古樟树下任轻风拂过面颊，倾听浪花拍打河岸"哗啦哗啦"的声音，一如听到亲人深情的呼唤。

塔山有茶（外一篇）

"塔山"，又名"仙鹤岭"，在双牌县尚仁里的绵绵大山里，系属都庞岭余脉。群峰里一座突兀的山峦，一如一层层石块垒起的一座石塔，很有标识感，让山民们很容易辨识方向，故而被形象地唤作"塔山"。

只因在塔山深处发现一片稀少珍贵的野生古茶树，纯属不种自生，未经人事，野蛮生长，汇聚森林山水之气，所产之茶，口感野性十足，自带刚烈霸道之气，回甘绵长丝滑，很得茶友欢喜。塔山的名气，近年来渐次大了起来。

对茶，我是断然不敢妄称有什么研究的。但因为这两年爱上品茶，与一帮茶友们待在一起时间多了，耳濡目染吧，渐渐对茶有了些一知半解。茶的优劣，除了制作技艺上的差别，更与产茶地的气候和土壤有极大关系。但凡好茶，以在有小气候的深山溪涧和靠阳的烂石崖生长的茶树上所采叶芽制出来的为最。茶圣陆羽所言"上者生烂石"是也。

塔山，海拔600至1000米，单江和吉江两溪环绕，山清水秀、景色优美，独特的地理环境，终年雾霭缭绕，加之半风化的层页岩土质，是极佳的茶树生长环境。某日，几个好友相约踏青，溯溪到塔山野生古树茶林生长区，看到山中的茶叶树，高的近两丈，大的树干如碗口粗。林业和茶学专家现场考察和取样检测后给出结论，其中最为古老的茶树距今已有千余年。

《永州府志》记载，塔山野生古树茶，唐宋年间即为贡品，乃茶中尊品。千百年来，塔山茶和关涉塔山茶的故事，顺延着塔山之麓连通海上丝绸之路的潇贺古道，传得很远很远。

关于塔山之茶，当地就流传着一个美丽的传说。

说是唐朝某年，塔山一带出现了一种不知名的瘟疫，祸害百姓。深山里有一"古灵庵"（又称"古林庵"），庵里的僧尼每天白天上山采集草药为百姓治病，晚上燃烛苦诵经文，精进修行。她们的德行和善举感动了仙人"何仙姑"。一天，仙姑云端神降，来到塔山古灵庵，施法点化十里山岗，神播一片奇茶，并现世为一位和蔼慈祥的老婆婆，手把手地教百姓用茶树枝叶点火熏烟驱霉驱瘴，用嫩叶制茶，病时熬汤服饮，祛病解毒；平时制饮茶汤，以供消乏止渴，防病强身。从那以后，塔山一带再也没有发生过瘟疫。僧尼和当地百姓悉知，是大慈大悲的何仙姑显灵。为纪念这位仙姑婆婆，遂将这里产的茶叫作"塔山婆婆茶"，并改"古灵庵"为"塔山婆婆殿"。

传说中故事的真伪，当然已无从考证，但这塔山婆婆茶的名声却就此传开,声名远播了。如同一句流传甚广的民间谚语所言:"塔山的茶叶岚江烟,永江杉树冲上了天。"

每年清明前后,新茶上市的季节,朋友都打电话、发信息,或捎口信,打趣着说些诸如"去年您给那袋婆婆茶,朋友们品了都说好呢,今年还能来点尝尝吗"之类的话,言下之意你懂的。加之自己本身也爱茶,因而每年茶季之前,都会早早地跟有采摘经验的几家农户预订,让他们一到时节就上山采得上等野生古树叶芽,直接拿到朋友开的茶厂里,叮嘱他们精心制作。为了喝上这杯好茶汤,甚至自己一有空闲就直接上阵参与其中,全过程跟踪监制。虽然知道自己是去"打酱油"的,但也恰好在这亲历其中的过程当中,体会到做茶之大不易。

一叶翠绿的芽尖,经摊青、搓揉、发酵、烘焙、提香,神奇般蜕变成一根根细细的褐丝条。入壶沏之,色泽如明镜,质纯似琼璞,气香过丹桂,味美胜甘泉;入口尝之,甘洌馥郁,生津意畅,心舒神扬,回味无穷。泅泅茶色,绵绵茶香,诱人得很,也就怪不得朋友们会毫不客气地开了尊口索要了。

"古树生岩崖,暖雨催嫩芽。婆婆济世草,入壶神仙茶。"

尽管每年制茶的量并不算太少,但自己兴之所至,涂鸦这首《咏塔山婆婆茶》发在微信朋友圈,还是吊足了朋友们胃口,引得不少平时并不怎么嗜茶的,也都嚷着要分而享之。以至弄到最后,竟然自己也快没茶喝了。于是,我心里就一直盼望着,那枝那丫早焕新芽。

良村荷香

良村的莲荷，早已闻名遐迩。

每到荷花季，一茬茬爱荷人前往赏荷所拍的照片和小视频，几乎要从微信朋友圈漫溢出手机屏幕，会不由分说地惊艳到你。尽管那一池池荷塘的堤埂，那通幽栈道，熟悉得差不多闭上眼都能行走其上，但内心依然被撩得痒痒的，会情不自禁再去良村赏荷。

进到荷园里，但见荷田中那红色、粉色、白色荷花，在如碧浪荡漾的荷叶衬托下，更显亭亭玉立，婀娜妩媚。它们不再羞涩，不再藏掖，枝蔓尽情伸出荷池水面，展露绰约风姿。

几乎所有的花苞，都不甘落后地挤在绿叶间，矜持高傲，抿着红润的唇，一任露珠滋润。有的花朵猫身在一顶顶绿伞下，似在俏皮地窥探游人，眼睛一眨一眨的，有着躲迷藏似的幽默。有的花朵张开花瓣，恰如美少妇忍俊不禁"扑哧"一声之后，露出的那张笑脸。粉白抹红的花瓣，招来痴情的蝴蝶、蜻蜓和蜜蜂，往来穿梭。有的花朵中间隔着一大片绿叶，宛若一对举案齐眉的夫妻，或一对无奈分隔的恋人，含情脉脉。笑着，望着，似不弃不离状，彰显着仰慕、追崇和爱恋者的坚贞。

碧绿如翠的荷叶，如裙，若伞，各有其态，自然随意地搁放在水面上，或脱颖高立于荷田中。叶面上"哧溜溜"滚动的水珠，晶莹剔透，映射着阳光，一闪一亮，灵气超然。

遇有一阵微风拂过，绿浪渐次起舞，碧波荡漾，那朵朵盛开的红莲，或粉或嫣，随风摇曳，犹如嫦娥挥袖舞练般娇柔或洒脱。馥郁醉人的芳香便四处弥漫。枝蔓间，虾戏鱼游，虫藏蛙追，偶听几声"呱呱呱"的蛙叫和一阵阵"吱呀呀"的蝉鸣此起彼伏，则不知是它们在唱着欢迎的歌，还是在抗议游人惊扰了它们的嬉戏和幽情。

"望荷叶舒展，观荷花吐蕾，眺蜻蜓立枝，看蜂儿采蜜，更赏我钟爱的荷叶上晶莹剔透的露珠"，这不仅是我另一篇《清荷摇曳》里的句式，也是自认为赏荷最好的方式和心境。在我看来，去赏荷，最妙的境界是一个人孤行独赏。独行漫步，更能任思绪信马由缰。

荷田所在的良村，又有雷石镇之古名，唐永泰年间平定安史之乱时，曾是重要的军戍关隘所在地。唐元结《元次山集》和明徐霞客《楚游日记》，对此均有诗文记述。无非是说这里如扼咽喉，龙虎关也，为自北向南湘桂古道之潇贺古道要津云云。

村居潇水河畔，河岸绿树婆娑，三面田畴，阡陌纵横。据传在清朝时，因这里出了位"良仙"，便有了座小有名气的良仙寺，搭建的戏台传承了数百年。且以"良"传名，甚合君臣、父子、夫妇、兄弟、朋友"五常"融洽，父义、母慈、子孝、兄友、弟恭"五伦"皆好之意，极具教化之功。雍正皇帝乘兴亲赐一匾"常定里，一里之良"，被百姓世代奉为至宝，遂取村名为"良村"。

良村，植荷花不知始于哪年。规模有大有小，但种植习惯从没间断过，堪称历史悠久。首要原因自是缘于水系发达，其次在于土质极佳。除所产莲子、莲藕及副产品荷花鱼可供美食外，花叶还成了万人争赏的盛景，莲农便有不菲收益。

荷者，又有莲藕之名，清廉之喻。

细数古往今来，官府衙门前的水池和学府校园里的池塘，甚至乡村祠堂、庙宇边的水塘，无一不植有荷花。或自诩或期许或教化，都奔一个"廉"字而来。我突然一想，良村世代植荷与"常定里，一里之良"的村名有关吗？倡导并引种的种植者早已作古，谁还会回答我呢？没了。但谁又说不是呢？

犹如离这一山之隔的我之故乡古道州，北宋时那位叫周敦颐的至尊先贤，因独爱莲花，而将老家门前那条小溪唤作濂溪。先生爱这花中君子的莲，当然是出于"物以类聚，人以群分"之故，因他自为人中君子。周敦颐一生虽未做过大官，却并不因职位低卑而自行轻贱，而是以自己之本事——"出淤泥而不染"，显示自己之本色——"濯清涟而不妖"，保全自己之本质——"中通外直，不蔓不枝"，坚守自己之本性——"香远益清，亭亭净植，可远观而不可亵玩焉"，将之应对人生风雨，终成千古圣贤。更有趣的是，他不仅将老家门前的小溪唤作濂溪，"径指匡庐作故丘"的他，从广东提点刑狱之职辞官向隐，晚年定居庐山，索性又把山麓一条小溪也改称濂溪。如此这般，既解他怀远思乡之情，亦为他的濂溪书院冠名做了诠释。

"细草摇头忽报侬，披襟拦得一西风。荷花入暮犹愁热，低面深藏碧伞中。"这是南宋著名诗人杨万里除却《晓出净慈寺送林子方》《小池》《昭君怨·咏荷上雨》之外的另一首吟荷诗，叫作《暮热游荷池上》。

尔后归宗理学一派的杨万里，曾任零陵县丞三年有余。机缘巧合，同样尊奉周敦颐为师的张浚，那时恰也贬谪零陵。虽贵为一方要员，但终是后生晚辈的杨万里，还是想上门拜见张浚，相传去了三次都未得见。后来是书信一封，内附自己一首小诗，先请张浚儿子张栻转呈，足显诚意后才获会见，自此竟成忘年之交。张浚用《礼记·大学》中"欲修其身者，先正其心；欲正其心者，先诚其意"勉励杨万里，让杨万里受益终身，遂自将书房命名为"诚斋"，他也因此而得"诚斋先生"之雅号。

道州、零陵广为植荷，入夏之后的红藕碧荷惊艳得很。我今落居的双牌县，旧时便属零陵辖地，且近在城郭南郊。诚斋先生当年也一定是时常漫步于这乡野阡陌的。这首《暮热游荷池上》，据说即是那时所得。

良田植荷，荷田依依，"接天莲叶无穷碧"。荷花一众，从淤泥中出，不仅不染，还不独傲，犹喜群芳。这碧叶连天，清风习习，拂面清心，自然就是大美天下了。原来，在良村人心里，是盛开着一朵朵善良之莲的。

怪不得，朋友中有诗人刘忠华君，去良村走了一遭，竟情动莲田阡陌，吟出一首《良村》，其中那几行"良村有良民，种良田，播良种，更产良心"的诗句，令良村人觉得格外长脸。便有几位好事者找来一块大大的石头，请人将诗句镌刻其上，再把石头立在村口，引得村里村外过往上下的人，都要在石碑之前驻足一番。

有道是，"吾道南来，原是濂溪一脉"。

周敦颐先后在合州、邵州、汝城、九江、广州等多地为官。无论在职时间长短，他每到一地，无一例外都会建起濂溪书院，把故乡莲荷带到各处书院的一池浅塘里，馨香四溢。于是，我有理由相信，良村之荷，与周子莲荷也是有关联的。我甚至宁愿把它看成当年濂溪先生乘舟北去路过，将几节莲藕抛撒在这儿蔓发而来的；抑或是从濂溪故里楼田村的荷塘里漫溢出来，顺着濂溪，顺着潇水，漂流而下，安生于此的。

在茶人悦舍

喜欢茶,缘起喜欢那句"茶者,人在草木间"。就着或清淡或浓郁的茶汤,细品人生,苦如茶,香亦如茶。

如此这般,倘若心情可以融进茶盏细品,月光可以盛装酒杯慢饮,桂花可以装进空瓶留香秋后,初恋可以注入竹节生长到垂老暮年,那么,人之情怀,固然可在一篇文章或一本书页里长延……

——题记

春夏秋冬,年分四季。而人的一生,也分少年、青年、中年、老年,亦有四季。凡岁近五十,知天命之年,就大抵算是人生的"中秋"了。

早几年,在一小区置下一足够大的"车库",稍作改造,有了一茶室,取名"茶人悦舍"。

虽说茶舍坐落在小区里,但与居民进进出出完全不同方向,因而与小区及居民并无太大关联。位居小城正中心,但与兼作潇水风光带的主街道又隔着一栋房屋，自成幽境。去往沿江风光带赏日月湖景，则大抵不到百步；甚至人在茶舍，亦可闻听湖滩上鹭鸟的啾鸣声。所以，用闹中取静来形容，丝毫不为过。

故友新交，大咖小白，俱来小坐，品一盏茶，叙旧交心，间或读诗作文、谈书论画，也算是乐在其中。

入驻后，又在室前空坪凿洞，移来三株桂花树栽上。平日喝茶所剩残汤和茶渣，一概浇培在树苑上。去年中秋时节，桂树零零散散开出一些花来。及今年，三株中的两株，竟开得满树繁花。

比苔米还小的黄色、白色、深红色桂花，细细的，密密的，或藏叶下，或挤出叶面，细碎、雅静地粘满了枝丫。芬芳香甜的气息弥漫，清可绝尘，浓可远溢。一阵风起，馨香飘入茶舍，沁人心脾。茶、花与人各自香浓，让人真切地感受着秋声秋色的韵味。

刚好不久前读过宋代才女李清照一首《鹧鸪天·桂花》，赶紧从书柜里抽出书来再次诵读。"暗淡轻黄体性柔，情疏迹远只香留。何须浅碧深红色，自是花中第一流。"词人从心中发出对桂花的赞颂，是多么美妙，赋予细微的桂花以思想和灵性，使之充满缠绵不尽的万千情愫。寥寥数句，写透桂花的柔美与芬芳、高洁与淡泊，尽可称妙。

想想有了这"茶人悦舍"后，大多数时间身安其中，哪怕独自一人端坐整日，亦不觉孤寂无聊。在茶舍里喝的茶，也是自个儿将从山里弄回来的野生古茶树的芽叶自制而成。每日就着一壶茶，静下心来读几页自己喜欢的书，或乘兴涂鸦几句。不仅翻读的书页浸入了醇醇的茶香，似乎自己涂鸦的文字里，也掺进了郁郁茶香。

"小碟，点线香。夜雨，寂静。手边一本好书，案头一壶好茶"，这也是自己在某位女作家一篇散文里读到的句子。线香、茶香与书墨馨香，真算得上最佳组合，相得益彰。尤其秋高气爽之际，桂花芳香来袭，算是应季加持。时光慢，漫时光，真心所愿的话，就是一种温馨满满的"刚刚好"。

特别是青葱少年时怀有的梦想，因生计奔忙或随风趋时而被抛舍一旁。同样是因有了这一隅陋室之后，就着朋友的怂恿，把经年积攒又还搜寻得到的一些文字稍作整理，归集起来交给出版社，便第一次有了一本仅可慰藉自己心灵的拙著——《潇水清清永水流》。

有时，我跟朋友们打趣说，文学圈是个坑。或者说，是文友们帮我挖了一个坑。文集出版后，自己被吸纳进了好些个协会、学会，成了这些协会、学会里不怎么够格的会员。其实，这些都并不重要，重要的是，读书，以及向这些协会、学会里的师友们学习写作，渐渐成了日常。于是，终于又有了第二本散文集——《潇水涟漪》。

桂花，盛开于百花次第凋谢的时节，消弭了秋的萧瑟与冷清。季节之秋，虽有一叶知秋凉，但飘荡的花香，带给人以温情和暖心。而将茶香和书香一起发酵，人生"中秋"，亦觉温暖，亦觉芬芳自在。

"自古逢秋悲寂寥，我言秋日胜春朝。晴空一鹤排云上，便引诗情到碧霄。"古往今来，诗人素喜在春天引吭高歌，而在秋天玩深沉，悲叹秋萧秋凉。但刘禹锡这首《秋词》，虽然写在他人生失意、落贬朗州司马之时，但我们从他的诗中，或者说从他的心境里，不仅读不出秋天的落寞，反而看到了秋天的另一种生机与素色，看到他身处逆境却依然精神高扬，看到他开阔的胸襟。怪不得他能被后世冠以"诗豪"的名号。

某日，诗人"虹小仙"写就一首古风诗发在微信朋友圈，邀文友们接龙。我曾拼凑四句聊以助兴，恰就是这首打油诗，冠其名曰《桂花吟》："才是寒露夜来凉，雨打桂枝铺金黄。花落岂是悲秋曲？早有馥郁远近香。"

是的，花开了，终究会凋谢。桂花，当然也会有凋零之时。

季节之秋这般，人生之秋亦是如此。眼见金黄铺地，落红坠枝，我们何必频生失落和伤感？换个角度去看，"花落不是悲秋曲，陈酿更自馥郁香"。

倬尔身影

辑二

XIAOSHUILIUSHEN

在一畦油菜花田，怀想诚斋先生

在湘之南，自阳春三月起，花事一茬接一茬，不会停歇。开得最恣意的，当数桃花、梨花和油菜花。桃红灼灼梨如雨，她们或娇媚，或清丽。而油菜花，泥土味更浓郁一些。她生长在最素朴的土地上，氤氲着更多质朴、淳厚的意味。

油菜花的平凡如常，在历代文人雅士的诗行里，有不少形象的描述。比如"芳草池塘处处佳，竹篱茅屋野人家"；比如"乡野自怜姿窈窕，园田谁爱势峥嵘"。就连高高在上的乾隆皇帝，他那首《菜花》诗里，也有这样的句子："爱他生计资民用""千村欣卜榨新油"，分明就是满满的人间烟火味。

我也一直偏爱油菜花，尤喜她从不与谁争宠，自顾以自己的方式盛开，芳菲春天，馥郁大地。她不开则已，开则紧锣密鼓、尽情绽放，任凭谁也阻挡不住。

挨过数日连绵的阴雨，天终于放晴。周六日，丽日暖阳，我沏一壶茶，揣一本书，驱车出城，径自来到北郊的沙背甸，置身于一畦油菜花田来孤赏芬芳。我读到了春天最纯洁、最生动的情节。

走近油菜花田，但见成垄成片的金黄色，灿烂，无垠，像极了一幅亮丽的巨型水彩画。有几分古意的村庄，新旧交错的农舍，浸淹在黄色花海里，像是镶嵌在画幅之中，毫无违和感。

花田里那密不透风的黄灿灿的颜色，如一股金流从远处山坡的边沿顺势漫过来，把田垄盖了个严严实实，像是要把从泥土里往上冒的热气使劲捂住。

潮润的空气里弥漫着微尘般的花粉，醉了行走其间游人的呼吸。柔和的春风拂过，好似有双手把绿萼剥开，让油菜花冠从萼片中冒出头来。绿油油的叶子仿佛在渐渐下沉、隐退。柱状枝头上嫩黄的小花，最初像是戴着帽子，是在清晨醒来，有春风吹拂，才穿上她黄色的上衣。一朵朵四瓣的小花，薄薄的、嫩嫩的，像两对刚长出的翅膀，伴着蜜蜂和彩蝶飞舞。在微风中摇曳，晃着晃着，就把整片田野变成了一张硕大无比的金色花毯。

来赏油菜花的人真是不少，说人头攒动都不为过。最吸引人眼球的，当然还是那些不愿错过每一场花事的爱美女子。她们三五结伴，散在花田里，如同花间翩然飞舞的蝴蝶和蜜蜂，变换着不同的背景和姿势，换上一套一套服饰拍照，乐此不疲。

我闲散地择一处田埂席地而坐，油菜花的金黄充盈双眸，周身花香弥漫，好不心旷神怡。因了这烂漫色调和馨香气息的撩拨，内心自然会有些许不安分。手里虽然有一页无一页地翻着书,眼睛却时不时地去瞟那些女子陶醉花丛的样子。

"你站在桥上看风景,看风景的人在楼上看你。"卞之琳《断章》里的句子,此时真是应景。人与人、人与万物之间的关系意蕴深长,谁是风景,谁是看风景的人,谁装饰了谁的窗子与梦,完全是一个角度和立场问题。如庄子所言:"物无非彼,物无非是。自彼则不见,自知则知之。故曰:彼出于是,是亦因彼。彼是方生之说也。"

从蜜蜂和蝴蝶的角度来看,油菜花是风景。在油菜花田里那些赏花人眼里,油菜花、闻香而来的蜂与蝶,是风景。从我的角度来看,花与蜂蝶、赏花人、不厌其烦摆pose的女子以及或立或蹲忙着变换不同角度拍照的摄影师,皆是风景。当然,我这在花田里却又揣本书的心不在焉的样子,是不是在我身后或稍远处,又有一双或几双眼睛正把我当作风景?大概会有。

离我稍近些的,是对双胞胎模样的翩翩少年,像是在追逐一只小鸟拍照。他俩哪会跟得上小鸟跳跃的速度呢?只是短短一会儿,他们就见不到藏身花间的小鸟身影了。见少年折身走过时一脸茫然的窘态,我打趣他们是"寻鸟无踪迹,归来风生香"。

我脑海里,瞬间有了另一幅画面——

八百三十年前那个春天,一位诗人路经一个叫新市的地方,借宿一家叫"徐记客栈"的小店。他也是看到店外一片黄花盛开的油菜田里,两个忘情奔跑的儿童在抓扑一只黄色的蝴蝶。追着追着，蝴蝶飞进油菜花田中，孩童愣住了，分不清哪是蝴蝶，哪是黄花了……

这场景，被诗人炼成一诗："篱落疏疏一径深，树头新绿未成阴。儿童急走追黄蝶，飞入菜花无处寻。"这诗人，是"南宋四大家"之一的杨万里。这首诗，便是《宿新市徐公店二首》中的一首。

我在《杨万里年谱》里读到，绍熙三年（1192年）二月，六十六岁的杨万里"行部江东"，因受命巡行视察江浙而到新市。彼时的新市，号称酿酒中心。嗜酒的杨万里，迷恋那儿林立的酒馆，忍不住频频揭瓮品尝，开怀畅饮，以致醉不能行，留宿徐公店。他这一醉一留宿，便为我们留下这首颇负盛名的"菜花诗"。

他当年诗中描述的景象，此时此刻，又在我眼前重现，不是恰好应了那句"年年岁岁花相似，岁岁年年人不同"吗？

我今落居之双牌，旧属零陵管辖，近在零陵城郭南郊。绍兴二十九年（1159年）秋，刚过而立之年的杨万里，正是踌躇满志的年龄，恰被委任零陵县丞，而且在这儿一待就是四年。

零陵、双牌的农事谱系里，素有油菜栽种之俗。入得春来，油菜花景惊艳得很。我断然不信，那年那月，时常漫步于乡野阡陌的杨万里诚斋先生，兴之所至会没有诗歌唱和？果然，我真在《诚斋集》中找到了答案。

"百花亭下花如海，子厚宅前溪似油。幕下风流法曹掾，坐窗犹未作遨头。"这首《张仲良久约出郊以诗督之》，写的便是杨万里效仿柳宗元踏歌山水的洒脱，在一个春光如泻、花香袭人的早上，与同僚司法参军张仲良相约郊游。可那位张君一再拖沓，向往田园、急不可耐的他，便吟诗催行。

当然，他们出城向南，是否来的是沙背甸，我依然不得而知；这首诗，也没像那首《宿新市徐公店》那般为世人所熟知，倒令我心中多少有些纠结。

我宁愿相信，他们当年荡着小舟，溯潇水而上，真的是在沙背甸码头泊船靠岸，曾经到过我今所在这片花田。他们分明是循声闻听元结的《欸乃曲》，跟随柳宗元感悟永州山水的背影，重叠着周敦颐归乡南行的路径前行的。

更值一提的是，唐永泰年间（765—766年）有泷水令唐节，辞官后择南郊潇水东岸赤石涧一处丹崖山下闲居，得号"丹崖翁"。这位誓做"五柳先生"第二的唐节，尽享"儿孙棹船抱酒瓮，醉里长歌挥钓车"的洒脱快活，令两度刺史道州、获授容管经略使的元结过往上下，见了眼红，进而生出"吾将求退与翁游，学翁歌醉在鱼舟"的念头，最终退居湘江之滨的浯溪。这种惬意，也同样是令诚斋先生羡慕不已的。

他们沐着和煦之风踏浪向南，在这片无垠的油菜花田里徐徐漫步，款款而行，尽兴踏春。我仿佛看见，诚斋先生所穿的那一袭长衫，不仅被花田里的露水绊了个半身湿，还沾染上一团团黄黄的油菜花粉。踏青归去，也顺势把油菜花香香甜甜的气息带进书房，渗入他写的那些诗句里。

诚斋先生职事零陵时，很有些机缘巧合。尊奉理学鼻祖周敦颐为师、力主抗金的名相张浚，其时恰也携家人谪居零陵。因了这个缘分，决意尊张浚为师的杨万里，虽三次上门拜谒都吃了闭门羹，却幸得张浚之子张栻引荐而被接纳，不仅成了得意门生，还最终得了这"诚斋先生"的雅号。爱屋及乌，他像其师和师祖那样，甚爱荷花，把自己人生理想赋予那叶清荷之上，写下了一首首吟荷诗。

"细草摇头忽报侬，披襟拦得一西风。荷花入暮犹愁热，低面深藏碧伞中。"这首《暮热游荷池上》，是杨万里诸多吟荷诗的其中一首，有说即是他在零陵所得。

历代后学是十分推崇诚斋先生的。他也真的堪称"劳模"诗人，一生写下的诗作多达两万多首。但是，盘点《诚斋集》和《诚斋集补钞》，发现他传世至今的诗作，只有四千二百余首，其中关涉零陵的，六十余首。

这是何故？原来，杨万里早年学江西诗派，效法黄庭坚、陈师道较多，琢字炼句以唯美华丽为要。在零陵期间，正是他诗歌创作形成自己风格的前期。经过深长的揣摩和思索，他感悟到，一味模仿江西诗风，终难自成一家，便有了挣脱窠臼、自我超越的渴求。一天，他横下一条心，挑出那些自觉不甚满意的诗稿，决绝地抛进惜字塔里，亲手点燃了一团焚诗之火。

从此，有如凤凰涅槃，浴火重生的诚斋先生，诗情才情如泉涌。他即景即兴，信手拈来，随心所欲纳风物入诗，把一首首诗，写得如一朵朵平凡无奇的油菜花，或一枝枝尖角小荷，虽不华丽，却依然赏心悦目。一种自然流转、语言浅近、平白清新、谐趣活泼的杨氏品牌——"诚斋体"，就这般磨砺而成。他因之而与陆游、范成大、尤袤合称"中兴四大诗人"。

常言道，花开自有声。百花盛开，各有各的色调和芳香。无须羡慕桃花粉红的妖娆，无须羡慕梨花雪白的冷艳，尽情开成自己灿烂的金黄，便是油菜花矢志不渝地追梦，是她酣畅淋漓、不枉此生的执念。

花事如此，诗文事如此，人生事，也莫不如此。

贤德不孤周濂溪

周敦颐幼年丧父，十五岁离开家乡道州，跟随母亲投靠时为龙图阁学士的舅舅郑向。这是清嘉庆《道州志》里关涉周敦颐少年身世的一些记述。

周敦颐原本是个好学上进的少年郎。他在月岩里读书悟道的故事，至今还在故乡传扬。来到舅舅身边生活的他，依旧用功读书，深得舅舅喜爱。按当朝惯例，郑向依官衔可获朝廷恩荫，允准一名子弟入朝做名小官。爱甥如子的郑向，二话没说就将此机会给了周敦颐。周敦颐在二十岁那年，就当上朝廷将作监主簿，同年还迎娶兵部职方郎中陆参之女陆氏为妻，开启全新的人生篇章。

追溯周敦颐一生，无论位高位低，无论官大官小，博学、志远、正直、清廉、大爱、亲民，这一应的标签，毫无疑问都堪称对他最贴切的评价。

比如，康定元年（1040年）周敦颐任洪州分宁县主簿，其间将一宗八年疑案弄得水落石出，判得明明白白。"年轻主簿胜老吏，八年疑案一朝白"。庆历四年（1044年）吏部考核，周敦颐获得百姓广泛好评的同时，也得到上级认可，很快有了他第一次仕途升迁——提任南安军司理参军。

又比如，至和元年（1054年）改授大理寺丞，知洪州南昌县。当地人听说他就是当年在分宁做官时能辨疑案，以及在南安军司理参军时面对强势上司，宁愿辞官去职也坚持不错判的周敦颐时，纷纷奔走相告："他是一个能明辨是非、安宁刑狱的人，我们终于遇到可以诉说的人了。"朝廷获知他政声如此良好，嘉祐元年（1056年）即令他改太子中舍，签书署合州判官。

《论语》有言："居德不孤。"犹如明韩雍《送张金宪永锡三考满入京》"苍苍之天不负人"，苍天也确确实实不曾负过大贤有德的周敦颐。每到人生关键时刻，他总会幸得贵人鼎助。梳理他一生交际，称得上是他贵人的，至少有三位。

首先，当推他大舅子蒲宗孟。周敦颐到任合州不久，又得到朝廷新的加封，破格转升殿中丞。因为依照规制，无进士出身的大理寺丞，只能授予太子中舍，唯有进士出身者，经考核才可晋升殿中丞。如前所述，周敦颐属皇恩荫补，并无进士身份，能获此晋升，当然是典型的破格重用。在合州，周敦颐短时间获得升职，妻子陆氏也跟随身边，结束了此前的分居生活，故而在他到任合州的第二年便生下儿子周寿。升官之后又喜得贵子，堪称双喜临门。但是，在儿子降临一年后，却遭遇妻子陆氏不幸去世，算是给了他当头一棒。

嘉祐四年（1059年）岁末，身为夔州观察推官的蒲宗孟，回阆中老家省亲时路过合州，依礼拜访当地长官。时知州空缺，以签判之职代理通判而行州之职事的周敦颐，接待了蒲宗孟。没想到，两人一见如故，相见恨晚，蒲宗孟被周敦颐的学识和君子之风折服，禁不住发出"世有斯人欤"之叹，并痛快地将自己亲妹妹许配给周敦颐。蒲宗孟的《别黎郎十娘诗》记述了这段姻缘："六娘周家妇，晚方偶良姻。乃是我手娉，不见五六春。"

正是蒲宗孟以许配妹妹这种特别方式表达认可，让周敦颐在合州期间家庭圆满，得以毫无牵挂地履职，周敦颐仕途乃至理学践行就此延展开去。

话说嘉祐五年（1060年）开春，花香鸟鸣之时，嘉陵江岸美景如画，周敦颐溯江而上，前往阆中迎娶蒲家六妹为妻。途经蓬州相如县舟口镇时，早有闻得周子声名的当地士绅学子数十人，立身江边码头列队等候，挽留他停船上岸稍作歇息，顺便在舟口讲学几日。

这次被截留讲学，让博闻强识的周敦颐盛名旋即传开，蓬州学子纷纷赶往合州求学，无不受益匪浅。后来的《蓬州志略》对周敦颐舟口讲学三日是这样记载的："先生途经舟口，学者知为学宗，攀留请业……先生既去蜀，学者肖像祠而师之。"蓬州百姓为纪念周敦颐，于熙宁七年（1074年），也就是周敦颐去世后的第二年，在舟口下河街修建濂溪祠，塑像并刻《爱莲说》于祠内，再往后，又将舟口镇改名为"周子镇"并沿袭至今。

可以说，就是蒲宗孟慧眼识珠，成全良缘，这一系列铺陈，客观上为周敦颐理学思想的归体、成形和传扬，做了极好的铺垫。

周敦颐所遇第二个贵人，是两度作为他直接上司的赵抃。

赵抃，曾任殿中侍御史，官至资政殿大学士，后以太子少保致仕。他不避权势，时与"包公"包拯齐名，有"铁面御史"之誉。

赵抃任梓州路转运使时，周敦颐恰任路下所辖合州判官。其间赵抃到合州视察，有人状告周敦颐不务正业，贪图清谈，沽名钓誉，并有违法受贿行径。虽然后来查无实据，但因有此奏本，周敦颐依然被赵抃列入他心目中的"小人"黑名单。嘉祐六年（1061年）周敦颐奉调入京，半年后获授国子监博士，随后领旨出任虔州通判，凑巧再次成为先期到任的虔州知州赵抃的下属。

有道是日久见人心。经历一段时间观察的共事，周敦颐出色的表现，令赵抃很快改变成见，消除误解，不仅将周敦颐从"黑名单"中移除，更视其为君子并钦佩有加。《宋史·周敦颐传》载，赵抃曾当周敦颐的面由衷地说出"吾几失君矣，今而后乃知周茂叔也"的话。从此，他一有机会便力荐周敦颐。周敦颐往后每次升迁，几乎都与赵抃不遗余力地推荐有关。

另有一事，足见赵抃在周敦颐心中的分量。

时值治平元年（1064年）冬，赵抃从虔州获提升，知州暂缺。周敦颐遂以通判之职"主持全盘工作"，以待正式升任知州。恰在此时，因百姓元宵"闹花灯"失火，虔州城内千余间房舍化为灰烬，也将周敦颐升职的希望顷刻间烧成灰。好在周敦颐之民本情怀，平日里早在百姓心中留下了极好的印象，流离失所的百姓并未迁怒于他；虽然他主事虔州名不正，言不顺，但火灾发生后他不惜一切代价地救灾和灾后抚恤，这种种表现，令时任宰相韩琦也极力为他陈情辩护。最终，他只是因此平移永州，仍职通判。

虽获百姓宽恕，又有皇恩浩荡，周敦颐免于被革职，但他去职虔州时，依然满心惆怅，内心极度矛盾，情绪低落到了极点。他携妻带儿作别虔州，并没直接领命到永州履任，而是到了九江，在庐山濂溪书堂滞留近一年。

好友至交或登门探望，或交杯同饮，或寄信问候，或吟诗唱和，纷纷劝慰开导，鼓励他重振信心，尽快从失意失落中解脱出来。其中洪州知府程师孟有诗盛赞永州之好："永水自然胜赣水，浯溪应不让濂溪。""会是忠贤流落处，至今兰芷尚萋萋。"大舅子蒲宗孟也修书给他，随信赋《乙巳岁除日收周茂叔虞曹武昌惠书知已赴官零陵丙午正月内成十诗奉寄》相劝。其中第二首写道："想到零陵日，高歌足解颜。乡间接营道，风物近庐山。万石今兴废,三亭谁往还。不知零与永,二郡孰安闲?"第五首写道:"地与江淮近,乡人慰久睽。重看斑竹泪,还听鹧鸪啼。湘水晴波远,苍梧霁色低。不知春日静,何似在濂溪。"

这一句句诤言良语,一番番善意苦心,周敦颐自然会懂,但他又始终难以割舍自己内心的纠结,直到收到赵抃从成都寄来的书信和那首《寄永倅周敦颐虞部》的诗:

君去濂溪湖外行,倅藩仍喜便乡程。
九疑南向参空碧,二水秋临彻底清。
诗笔不闲真吏隐,讼庭无事洽民情。
霜鸿已到衡阳转,远绪凭谁数寄声。

老上司的信与诗,瞬间令周敦颐从心灰意懒和志丧沉沦中省醒过来。治平三年(1066年)二月,他整理好行囊,更是整理好心情,启程奔赴比邻故乡道州的永州履职。

堪称周敦颐第三个贵人的,则是他尊为恩公的吕公著。

吕公著何许人也?他不仅是个大才子,更是个颇有个性的人物。任同判太常寺时被挑选进官知制诰,在别人看来是求之不得的美差,他却连续三次上疏辞谢,后改任天章阁待制兼侍读。

熙宁元年(1068年)初,身为永州通判、权发遣邵州军州事上骑都尉赐绯鱼袋的周敦颐,"一以政绩传,一以道脉传也",朝廷拟调他出任郴州知州。时任参知政事的赵抃,觉得郴州知州之职对周敦颐来说有些屈才,但碍于自己曾是周敦颐上司,出于避嫌又不便直谏。同样惜才如命的吕公著知悉他的苦衷后，即以自己侍读之便举荐周敦颐担任更高职务。

王晚霞校编的《濂溪志·周敦颐年表》和度正的《周敦颐年谱》记载，吕公著推荐牍文有句："周敦颐操行清修，才术通敏，凡所临莅，皆有治声。臣今保举……如蒙朝廷擢用后犯正入己赃，臣甘当同罪。其人与臣不是亲戚……"

何谓情怀？何谓大义？这不就是标准的范式吗？这分明是搭上自己身家性命为国家举荐栋梁之材啊，佩服！故《宋史》称赞吕公著曰："神宗尝言其于人才不欺……为公荐贤之心，日月可鉴。"

神宗皇帝真的采纳了吕公著推荐周敦颐"担当主管一路刑狱和钱粮谷物重任"的建议，先直接提拔他为广南东路转运判官，熙宁三年（1070年）再擢升其为广南东路提点刑狱。

已就任集贤校理的蒲宗孟，见到吕公著奏章后，将其抄录一份寄给周敦颐。吕公著的举荐和陈情，令周敦颐感动不已。据吕公著曾孙吕本中后来编撰《童蒙训》记述，周敦颐事后给吕公著的《谢启》里，说自己"在薄宦有四方之游，于高贤无一日之雅"，幸得素昧平生、毫无私交的吕公著如此这般鼎力举荐提携，自己无以为报，唯有怀揣感恩之心，恪尽职守，才能不负恩公知遇和朝廷重用之恩。

果然，周敦颐自熙宁元年（1068年）五月赴任广南，至熙宁五年（1072年）染瘴成疾"寻以病去"，他任职将近五年，使岭南开化，鞠躬尽瘁，确是不负众望。他辞去广南职事，归隐庐山之麓不到一年，便不幸病逝于濂溪书堂。如同蒲宗孟在《濂溪先生墓碣铭》中所写："君以朝廷躐等见用，奋发感厉。""君自少信古喜义，以名节自高。"

后人说起周敦颐，自然会联想到《爱莲说》里"出淤泥而不染，濯清涟而不妖"那句耳熟能详的金句。如他《任所寄乡关故旧》中所言，"官清赢得梦魂安"，他最终不仅没让保举他的恩公冒半点"当同罪"之危，更以一个"廉"字成就千年声名。

说周敦颐贤德不孤，还在于他去世之后，其理学思想被张载、程颢、程颐和朱熹等人竞相推崇，得以传承和发扬光大，对宋元以来中国政治文化产生了深远影响，在中国哲学史上有着承先启后之功。周敦颐因此被尊奉为理学"开山鼻祖"，号"濂溪先生"，成为继孔孟之后的第三位圣人，为后世所景仰。

风自徐来"贤令山"

知晓远在异地他乡的贤令山,缘于一次去阳山探访旧友。

旧友是曾经的同事。他十多年前从湖南老家辞职"下海",去闯广东,最终落脚在阳山,事业做得风生水起。

老友重逢,总不能每天只图个胡吃海喝,东道主便陪着大伙去爬贤令山。

五月的粤北阳山,天气明显有些潮湿和闷热。不但令我等初来乍到的人觉得有些不适,就连当地人也纷纷寻觅清凉之处歇息。风光旖旎,与城区近若咫尺的贤令山,便是个绝好去处。

三三两两的游人,鱼贯般拾级登山,不紧不慢地欣赏峰峦起伏、曲径迴环,松涛蔽日、雀鸟喧天或潺溪纵流、鱼跃于渊的美景,闲适而惬意。

湘南永州,素有"楚尾粤头"之称,算得上与阳山毗邻。两地间隔距离说近不近,说远不远,都属五岭山系,除却气候上的一些差异,地形地貌与自然风光大致相近,甚至相同。在贤令山上所见山水景色,我等平日里在家乡已见多不怪。更能引起我们兴趣的，是那里的人文之美。

论及贤令山乃至阳山人文历史，是无论如何绕不开韩愈的。这不，贤令山之名的由来，便是韩愈遭贬阳山令期间"有爱在民"，博得百姓爱戴和敬仰；在他离开阳山后，当地人不仅建庙立祠纪念他，还将他当年芳踪留迹的"牧民山"，改名而称"贤令山"。

我一直喜欢韩愈。不仅喜欢他的诗文，尊崇他倡导"文以载道"的为文观，还出于他与我另外喜欢的柳宗元、刘禹锡，有"铁三角"般的君子之交，令人钦佩。

说他三人感情之好、关系之"铁"，刘禹锡为韩愈所写《祭韩吏部文》里，有段极深情的话可资佐证。那段话译成白话文是这样的："自从结识韩愈您，我心情非常愉快。您不但才学丰厚，又勇于求真，经常用很精辟的语言开导我，令我醍醐灌顶，思路变得很开阔。咱俩风格不同，您长于写文章，我长于议论。咱俩就像矛和盾，你来我往，争论不休。每当这时，柳宗元就会站出来，笑眯眯又很和蔼地在我俩之间打圆场。但他绝不是和事佬，该坚持原则时依然坚持。回想起当年这些愉快时光，就好像还在昨天一样啊。"

颇具戏剧意味的是，"铁三角"之一的柳宗元，参与"永贞革新"失败，同样遭贬。永贞元年（805年）九月，柳宗元被贬为邵州刺史。就在他风尘仆仆前往邵州赴任时，又在半路接到文书，加贬他为永州司马。如此这般，柳宗元就到了永州，且在那儿一待就是漫长的十年。而韩愈则在柳宗元贬谪永州那年夏秋之季，遇赦北归，量移江陵（今荆州），获授法曹参军。不然，凭他俩交情，说不定会给千年之后的阳山与永州，留下更多有趣的话题。比如互致书信、题诗唱和，当然，这已是题外之话了。

再回到正题，来说韩愈在阳山。

贞元十九年（803年）十二月，素以苍生为本的韩愈，因不忍见"关中旱饥，人死相枕藉"，上书《御史台上论天旱人饥状》，"请宽民徭而免田租之弊"，得罪奸臣遭谗害，而引德宗皇帝大怒，被贬阳山令。无奈之下，他与同遭贬谪临武的好友张署结伴而行，去往岭南。先是经郴州桂岭而抵临武，然后，他又独自从临武到连州，由连州乘船向南，一路跋山涉水，直到次年春才到阳山。

其时的阳山，还是极为贫困、瘟疫流行、环境恶劣的穷乡僻壤，是一片未开发的荒凉之地。如韩愈《送区册序》所说："阳山，天下之穷处也。"

可贵在于，贬谪而来的韩愈，置身于偏荒蛮夷之境，并没有怨天尤人，也没因贬官而不理政事，反而像一名新擢升的要员那样勤于政事，时时走到百姓身边，体察民间疾苦。短短一年多时间，在重教兴学、开化民智、抑制豪强、民生关怀及促进开发等方面，他为阳山百姓办了一件件实实在在的好事。

其实,韩愈在贬谪阳山遇赦北归十四年之后,因《论佛骨表》激怒唐宪宗,再度遭贬为潮州刺史,才有了他人生第三次入粤。"初,愈至潮,问民疾苦。""既视事,询吏民疾苦。"特别是听到"恶溪有鳄鱼,食民畜产且尽,民以是穷"时,组织声势浩大的驱鳄行动,根治了鳄害。

粤人感念韩公德泽,将他奉若神明,山改韩山,水改韩江,路名昌黎,桥冠湘子,甚至有人弃本姓而改姓韩。

"苍生俱饱暖,百姓自怀恩"。阳山百姓也是如此,从最初对刚到阳山的韩愈不信任,到真心佩服他无事不通,信赖他办事必成,进而感恩敬仰,恭称他为"贤令",叮嘱子孙后代铭记恩情。怪不得后来《新唐书》记述韩愈事功时,会有"有爱在民,民生子多以其姓字之"这样的褒扬之语。

我想起与韩愈虽同处唐朝却堪称韩愈晚辈的大诗人白居易,想起他那首诗——《道州民》。那首诗"记录"了一段悲凄的历史过往。隋炀帝时,道州出了位侏儒秀才叫王义,伶俐善辩,插科打诨,深得皇上恩宠,被当作优伶伴在身边戏弄取乐。后来,代代因袭,形成了进贡侏儒制度。延至唐朝,"任土贡"竟成规制,即每岁进贡矮奴一人。因侏儒并不常有,怕丢乌纱帽的道州州官,只得命人提前挑选儿童置瓦罐里控制长高,养成畸形,以便到期破罐出人,以充岁贡,"道州民"饱受此苦。

唐德宗年间,一位叫阳城的人贬谪道州出任刺史。他哀怜道州人民父子、母子生离之苦，上疏竭力陈情，最终感动朝廷颁诏罢贡。

"道州民，老者幼者何欣欣！父兄子弟始相保，从此得作良人身。道州民，民到于今受其赐，欲说使君先下泪。仍恐儿孙忘使君，生男多以阳为字。"（白居易《道州民》）

如今，阳姓在永州道县，还真是一个人口数量较多的大姓，足以证明当地人对阳城的缅怀，是确确实实历千年不相忘的。这与阳山人感恩韩愈，"生子多以其姓字之"，是完全一样的"恩将恩报"啊。

唐宋年间，不仅阳山，甚至岭南全境，既蛮荒落后，又是瘴疠之乡，因而一直被朝廷视作流贬之地。除却韩愈，还有秦观、苏轼、寇准等，先后都贬谪到此。

相信很多人都能背得一句朗朗上口的诗，叫"此心安处是吾乡"。这是苏轼《定风波·南海归赠王定国侍人寓娘》一词中的句子："万里归来颜愈少，微笑，笑时犹带岭梅香。试问岭南应不好，却道，此心安处是吾乡。"

这首词里的故事，是说当年苏轼因"乌台诗案"被贬谪岭南，友人王巩亦受牵连。后来获赦归来，其侍人寓娘似身带梅香。苏轼问："岭南应不好？"寓娘却道："此心安处，便是吾乡。"苏轼借词中一问一答，既鲜活表现了友人虽遭贬谪，备尝背井离乡身心之苦，仍能达观自适的诗意般境界，同时，更是苏轼自己人生态度和处世哲学的寄寓与表达。

苏轼贬谪生涯多在岭南。如其《自题金山画像》所言："问汝平生功业，黄州惠州儋州。"自绍圣元年（1094年）六月贬惠州，到元符三年（1100年）四月得赦，在长达六年岭南生活的日子里，尽管他曾一次次在诗词里乐观描述尝得岭南荔枝之鲜的开心，但并不代表他对蛮荒之苦与瘴疠之险真无切肤之痛。

比苏轼年长的周敦颐，也是古道州人。宋熙宁元年（1068年），周敦颐提调岭南为官，先后获授广南西路刑狱和广南东路提点刑狱，领提点刑狱事，虽时间不长却颇有政声。后来，则因不幸感染瘴疠，不得已选择辞官归隐庐山莲花峰下。瘴疠之害，可想而知。

周敦颐尽管因感染瘴疠致仕，离开岭南之地，但他的后人却没有离开，而是留在那儿落地生根，开枝散叶。《周氏族谱》记载，当时岭之南，今之广东广西，是周敦颐后裔最为稠集之地，繁衍人口竟达三十八万之多，且人才辈出。自宋至清，他之广东后裔，有进士三十五人、举人六十三人、贡生八十八人，堪称文风昌盛，对岭南文明开化与富庶繁荣自有不可磨灭之功。

游憩途中，我们一行人走着走着，尾随一群游客来到了昌黎旧治（古阳山县署）遗址。驻足遗址旁，迎着拂面而来的习习凉风，不经意地"旁听"着那批游客领队断断续续的解说，我仿佛见得韩愈忙碌的身影从当年的县衙进进出出，间或时立时坐，与同僚或来访的乡贤、百姓执手相谈，诚恳地探求治理阳山经略。

回望历史，如韩愈那样，将中原地区先进农耕技术带入岭南，促进文明开化和生产开发，既改变岭南人单一依靠渔猎的生产生活方式，也借由开荒拓土、平填沼泽、兴修水利等农耕活动，让许多有害植物、昆虫、微生物失去繁殖和生存条件。老百姓只会在生活条件越来越好，觉得日子过得越来越幸福时，才会发自肺腑地认同他是一代贤令、一位好官，自然而然也会永世铭记他的恩情。

北山古寺有一块石碑，我读到一首简朝亮的诗《登贤令山》。有句曰："阳山终不穷，天下知韩公。"简朝亮是谁？问了问"度娘"，知他是清末民初一代名流，与康有为同是朱九江门下得意弟子，是被康有为誉为"今岭表大儒，一人而已"的岭南"大咖"。

姑且不说诗作者如何声名显赫，我以为，他那首诗，除表达他对韩愈的敬仰外，也恰如其分地道出了阳山人对韩愈感恩戴德的心声。当然，诗之最妙，更有后面一句："至今贤令山，何人继高风。"揣摩那"何人"二字，是问，犹不是问；是答，又犹不是答。想必，读者诸君会各有其解吧。

就在我们朝山下走，快要结束此次游览时，正好见得一行鹭鸟一会儿摆着漂亮的"人"字阵，一会儿变换成"一"字阵，啾鸣着从头顶飞翔而过。我抬头眺望，觉得它们似乎就是去年深秋北往南飞途经我家乡、我注目过的那群白鹭。我还觉得，它们更像数以千万计来到岭之南的那些开拓者、创业者。

"有凤来仪，栖择梧枝。"他们栖身南粤热土，心安为家，奉献自己的智慧和汗水，奉献青春和年华，积沙成山，聚气成风，加持这片土地的生机勃发与富饶繁荣。譬如这次邀请我们来玩的那位老乡、老同事。又譬如三年前从同济大学研究生毕业，执意选择广州落居创业的自家孩子。

记得孩子刚入职时，一家人驱车拉着他安家的行李送他。车过湘粤界，当车载收音机里突然传出听不懂的粤语时，我心中猛然生出一种异样情愫：孩子落居粤地，我们一家至此算是与广东结下不解之缘了。到达孩子新安的小家，打开孩子电脑，我跟着自己的思绪写下一篇情感小文——《从此家乡是故乡》，投给《番禺日报》副刊邮箱。第三天，在邮箱里见有编辑留言，告知拙文"被留用"，遂将斯文连同编辑回复信息一同转发给孩子，算是在他成为新粤人时送的一份别样礼物……

我们下得山来，走出贤令山"山门"，恰有徐徐清风拂过脸颊，我瞬间觉得，这岭之南天气，其实也并不是太过闷热。

元和八年五月十六:柳子的三条"朋友圈"

甭管事大事小,如今的人,凡事都忍不住要发微信朋友圈嘚瑟一下。在这热衷读图和刷屏的网络时代,信息传播神速。每天只要手机开机,透过微信朋友圈,便很容易知道谁到了哪儿,跟谁在一起,大致都干了些什么。

这既像日记,也貌似"新闻报道"。特别是某某有幸得与某"大人物""名家""大腕"相见或雅聚,或同桌吃饭,或推盏品茗,或被谁称赞一番,一段文字,甚至一两句话,配几张照片,瞬间"广告"天下,真正"凡尔赛"是也。

现代科技手段的加持,令我们生活在无限便捷之中。可在古代,虽不知手机和微信为何物,但那时的人,相互间社交活跃的程度,并不输今之我们,他们又是怎样一种"晒"法?

有的,有的。只不过,他们相互发"朋友圈"的方式,是写诗作文,或一张保留有涂改画痕的手札;点赞的方式,则是彼此的诗文唱和。

比如东晋永和九年(353年)三月初三,王羲之与友人谢安、孙绰等四十余人在会稽山阴的兰亭雅集，饮酒赋诗，规模不亚于我们今之文艺家们的采风。王羲之将朋友们互相唱和的诗赋，辑成一集并作序一篇，记述流觞曲水，自此方有那篇名动千载的《兰亭集序》。同样是这位王羲之，据说另有一《奉橘帖》："奉橘三百枚，霜未降，未可多得。"更见风趣绝伦。

又比如宋朝的元丰三年（1080年），苏东坡写了个手札《啜茶帖》，亦是烟火气足得很："道源无事，只今可能枉顾啜茶否？有少事须至面白。孟坚必已好安也。轼上，恕草草。"

简单得不能再简单的一个便条，大意是说："道源兄，闲着也是闲着，能否屈尊过来喝茶？我们顺便讲一些只有当面才能说的事情。贵公子孟坚如何？想必一切都好……"

若将王羲之那则《奉橘帖》和苏东坡《啜茶帖》看作他俩各自给好友发的私人微信，王羲之那篇《兰亭集序》，便是他发给所有人都能读的一条"朋友圈"。

元和八年（813年）五月十六，唐朝的柳宗元也发了三条"朋友圈"。

这一天，他陪着刺史大人，"列骑"去了城东"距州治七十里"黄溪上游的黄神庙祈雨。

柳宗元，字子厚，尊称"柳子"。因为事涉"永贞革新"被贬，早在永贞元年（805年）九月，柳宗元由礼部员外郎贬谪邵州刺史。这既是皇命也是天命，他不会反抗，不敢反抗，也反抗不了，唯有领命。他领了皇命，正带着家人自长安出发一路跋涉向南，瑟瑟的秋风裹着另一道诏令，追上半途中的他：柳子厚改邵州刺史为永州司马员外置同正员，不得延误！就此，他来到这偏荒之地永州，一待就是十年。

司马员外置同正员，有级别、有俸禄，却无职也无权，甚至连太多行动自由都没有。元和元年（806年）八月，朝廷甚至特意下了道诏书："左降官韦执谊、韩泰、陈谏、柳宗元、刘禹锡……等八人，纵逢恩赦，不在量移之限……"贬谪期间不能丁忧，不能休、退及请假，不能离开指定的地方，不就是一种变相监禁吗？柳宗元等八位司马内心的苦闷，是可以想见的。

探究柳宗元一生可知，他其实算得上是位无神论者。好友韩愈信奉"天有意志、能赏罚"的观点，他在《天说》中，毫不客气地施以批评，认为指望天地能赏罚、有哀仁，都是迷信。在《非国语》里，论及"山川者，特天地之物也""自动自休，自峙自流""自斗自竭，自崩自缺"，他认为自然的运动变化，是不以人的意志为转移的。如此看来，柳宗元对堂堂刺史兴师动众去往黄溪祈雨之荒诞行为，其实是完全不屑的。

不过，相较于平日待在局促逼仄的城郭里，或偶尔行走城外近郊，总算有了次远游的机会，终归能让自己多得些许欢愉。于是乎，尽管要去做的事，他并非真心乐意为之，可退一步想，好歹可借此放松一下自己愤懑、抑郁的心情，也算不赖。

我们不妨先来看看他去黄溪发的第一条"朋友圈"——《韦使君黄溪祈雨见召从行至祠下口号》。

骄阳愆岁事，良牧念蒸畲。

列骑低残月，鸣笳度碧虚。

稍穷樵客路，遥驻野人居。

谷口寒流净，丛祠古木疏。

焚香秋雾湿，奠玉晓光初。

胙蠲巫言报，精诚礼物余。

惠风仍偃草，灵雨会随车。

俟罪非真吏，翻惭奉简书。

就像今人借助手机微信发朋友圈，大多即兴所为，为的是在第一时间向朋友来一波分享。手忙脚乱地拍一阵照片，然后稍作遴选，从中挑些自己稍觉满意的，凑满九宫格，再配几句话就可点击发送。柳宗元也大致是这样的。

祭祀开始之前，大家聚在一起，免不了互相问候寒暄。被公认有才的子厚先生，即兴吟诗助兴，最是众人乐见的一桩雅事。于是，在阵阵喝彩、怂恿声中，《韦使君黄溪祈雨见召从行至祠下口号》便由柳宗元随口吟成。

这首十六句的诗，恰好如今人发的九宫格图片，每句诗所呈现的，即是一个不同的场景。长达十六字的诗题，便是配图的那一句或几句简洁的推介语，让人一看就先知了个大概。

"韦使君"，时任永州刺史韦彪也；"黄溪祈雨"是那次行程的目的；"见召从行至祠下"则蕴含了更大的信息量——朝廷规定，柳宗元在永州，除了环城十里，其他地方是不能擅自走动的。这次出城向东走得那么远，似乎是他在永州十年来走得最远的一次；"至祠下"，就是去这次求雨施法的主场地，与"主要领导"同去，再远也没关系。哈哈，怪不得直到今天，大多数人仍愿意跟"主要领导"共事或出差；"见召"呢？因为需要他随行去写祭祀黄神的祭文；所谓"口号"，不是现今意义上"喊口号"的那种"口号"，而是古体诗的一种题名，即口占之意。哈哈，够直白，多么一目了然啊。

　　诗的表面字意，看似是赞扬韦彪关心民间疾苦而祈神求雨，本意却分明是对这位韦使君愚昧迷信、劳民伤财的辛辣讽刺。只在这条"朋友圈"最后，柳宗元才流露出自己的真实情感：说自己"俟罪非真吏"，却奉命随行，做了刺史的帮闲，沦为了献媚取悦长官的下僚。这对胸怀大志的柳宗元来说，是非常羞愧蒙屈的。

　　至于此次奉召成行的柳宗元需要完成的"命题作文"，是拟写一篇文采斐然、朗朗上口又体例规范的祭告文。文稿誊抄在黄绢上交由韦使君诵读，然后被焚烧敬奉给黄神。祭文结尾的题名与钤印，当然题的是韦彪之名，钤的是刺史官印。唯此，才能让百姓听到、让黄神看到一州刺史为官一任之作为。写得再怎么妙笔生花，都不可能落款成柳宗元的名字。

这一类的事，柳宗元也并非第一次做。

刚到永州没多久，逢唐宪宗即位并大赦天下，柳宗元就为当时的刺史韦宙拟成《代韦中丞贺元和大赦表》。元和七年（812年），等到韦彪任永州刺史时，他同样也为韦彪拟了一篇《代作韦永州谢上表》。

千年之后的我们，所见这样的文题，当然是"解密档案"之后加注上去的，而在当时，断然不会以这样的题目呈现。故此，柳宗元写的那篇祭告文，若想拿出来署上自己的名字，增发一条"朋友圈"，是万万没有可能的。

因此，他能发的第二条"朋友圈"，就只有那首《入黄溪闻猿》了。

　　溪路千里曲，哀猿何处鸣。
　　孤臣泪已尽，虚作断肠声。

如前所言，这次远游的欢愉，或多或少冲散了他心中郁结的块垒，但这不过是片刻之愉。在被贬永州的第九个年头，他遇见了远郊荒野的黄溪，瞬间勾起了他落寞偏地的联想。

一年一年北飘而来的飞雪，一年一年向南飞去的大雁，总是不见捎来浩荡的皇恩。他估摸着，朝廷是真把他遗忘了。《入黄溪闻猿》里的那句"孤臣泪已尽，虚作断肠声"，直白地告诉世人，哀猿的鸣叫，已让谪居太久的"孤臣"闻之心恸神凄。哀猿的叫唤少有人闻听,柳宗元的心声,更有谁知?

第三条"朋友圈",是《游黄溪记》。

他这条"朋友圈",写得确实有点长,不仅跟他同一天所写的另外两条比要写得认真、费时得多,较之于他类似的"日记"——后来被归类为"永州八记"的,篇幅显然也更长一些。作个不恰当类比,如果将他发的第一条、第二条"朋友圈"看成"报道"这次祈雨的两则"简讯",那么这篇《游黄溪记》,便堪称为黄溪写的一篇"专题通讯"。

从黄神到黄溪,从人文传说到山水景致,他不吝笔墨,施加笔力,既向世人倾情展现秀美阳明孕育而来的黄溪之胜景,也没忘记寓情其中:最善黄溪,山水奇丽,却鲜为人知,不为人识,孤独恰好与"我"同,人溪互怜之情,一涌而现。

《游黄溪记》虽在"永州八记"之外,但文章之精妙却完全不逊于"永州八记"里的任何一篇。甚至,近代柳学专家、大文豪林纾先生还言之凿凿地给出"黄溪一记,为《柳柳州集》中第一得意之笔"这样的结论。

不必费时费力抄来全篇记文,甚至阅读时也可一行行抑或一段段掠过,但凡能真正读懂其中最后一句,便可知悉柳宗元一番苦心——"元和八年五月十六日,既归为记,以启后之好游者"。从黄溪回到城里,柳宗元是仔细斟酌一番后才写下这篇游记的,为的是启发以后那些喜欢游览的人。

辑二　倬尔身影

果不其然，柳宗元到黄溪一趟发的三条"朋友圈"，衍生了持久的传播效应。《游黄溪记》和两首写给黄溪的诗，千年之后，竟然还被那些酷爱郊游的人，当作一份很管用的攻略来用。一句"黄溪最善"，不愧是一条极具煽动性和诱惑力的广告语。黄溪发源的阳明山，游客接踵而来，尤其在盛夏初秋的酷暑季，游客更是爆满。而另一句"神既居是，民咸安焉"，也不乏有人信他。朋友中数位闲雅高士先后表露心愿，说是"愿买农家半亩地，不辞长做阳明人"。

盛夏或秋燥之时，天气热得令城里人实在受不了。早日，便有一位长居外地的朋友发来一条微信，说想带家人去阳明山避一阵子暑，央求我帮她"开后门"订几间民宿客房。我很抱歉地笑着跟她解释，现在真是一床难求，她提的那要求，我一时也没有办法满足。

"地因人始重"。黄溪源头的阳明山，赢得万千宠爱，柳宗元发的"朋友圈"，当是功不可没。是他清隽的诗文，点染了阳明灵山秀水。像柳子街街坊们虔诚地奉柳宗元为"柳子菩萨"世代供奉那样，"神既居是，民咸安焉"的阳明山人，也是该要好生祭祀和供奉柳公子厚先生的。

云台山上有嘉木

一

云台山，是有神仙住着的地方。当年在上梧江瑶族乡供职，常听乡民们如是说。

去云台山，可开车，也可乘船。开车，出城向南，行不多远，便是一条曲折通幽的山道，或转弯拐角，或上坡下岭，数十公里，是三十多年前老百姓肩扛手提开凿出来的。如今虽已换作水泥路面，沿途青山葳蕤，溪涧潺潺，仍让人有种去一趟不太容易的感觉。至于通车之前的路是什么模样，难以想象得出来。

乘船，是溯潇水而上。行至离上梧江尚有三里水路的地方，有个码头叫下岭铺。自那儿登岸，向西一路攀岭到顶，三四公里的样子，竟是一处豁然开朗的平台所在，平步青云，如在苍穹。据说，云台山之名即由此得来。

乘船去，似乎轻松愉悦些。当然，这也是在下岭铺码头到山顶那段公路通车之后。

二

修建下岭铺码头去往云台山的公路，是2003年，恰好那时我正供职于上梧江。

数十年前因修建双牌水库而成为库区移民的乡民们，除却水路以外，竟无一条能去往外面世界的公路，令我无法面对乡民们热切期盼的眼神。

但修路又谈何容易？需要一笔不菲的资金，占用林地手续的审批、道路用地补偿，等等，一连串难题接踵而来。有道是好事多磨，诸多难题一一化解之后，道路一天天延展。当最后一处山坳被挖开，一条虽不够宽阔但也史无前例的车道通达云台山时，乡民们真好比登上了天庭，心里乐开了花。

往日里，云台山在高高的山顶，终日云雾缭绕，在乡民们看来，有如仙境。从县城购买、搭乘客船拉回家、通常只能在村内开来开去的摩托车，第一次可以骑上它抵达平日里只可仰望的云中仙境，再借此通往外面的世界，那种喜悦是完全可以想见的。

三

最初的云台山，一定是静谧的。

大唐时的陆羽，定然也喜欢安静。

因为大凡嗜茶之人，内心自会安宁。远离繁华闹市，藏匿丛林密地，不为太多人所见，却不远离红尘，更不皈依佛门，茶也是这般品性。她走进凡俗之人的日常，是淡淡的烟火，是浓浓的生活之味。

没有陆羽哪来的"茶"？是陆羽之后，才有这个"茶"字。这话说对也对，说不对也不对。茶树的存在，少说也要以亿万年计。而陆羽所在的唐朝，至今不过千余年罢了。拆解这"茶"字，叫"人在草木间"。茶虽来自草木，还需获得人的气息；茶是自然草木之精华，与人相遇，方得天人合一。一叶茶芽，有人参与，经茶师抚弄，加持品茗人情怀的寄托，始于陆羽，这话我信。唯到此时，我们才真正体悟陆羽说的那句"茶者，南方之嘉木也"。

云台山宛如仙境，何时始有茶树，暂无详考，但山中有成片多年树龄的古茶树。

从今往前六十年，云台山所在的上梧江，还是道县（古道州）的辖地。我得闲翻查清嘉庆和光绪《道州志》，并没发现有关云台山茶的记载。倒是与上梧江紧密相连、原属古永州府零陵所辖的尚仁里境内，有一处叫作塔山的地方，与云台山一衣带水。我在《永州府志》里，读到塔山之茶早在宋元时已小有声名的记载。至于在民间，更有神乎其神的传说。

相传，也是陆羽所在的唐朝某年，在塔山一带，出现了一种无名的瘟疫，祸害百姓。深山里有一古灵庵，庵里的众僧尼每天白天上山采集草药为百姓治病，晚上燃烛苦诵经文，精进修行。她们的善举和德行，感动了天上的神仙。一天，一仙女云端神降，来到塔山古灵庵，施法点化十里山岗，神播一片奇茶，并现世为一位婆婆，教会百姓染病时采嫩叶制茶熬汤服饮，再用枝叶点火熏烟驱霉，以祛病消灾。平时，亦可制饮茶汤以供消乏止渴。从那以后，塔山一带再也没有发生过瘟疫。为感念那位仁慈善良的仙女婆婆，乡民们便把当地所产之茶叫作"塔山婆婆茶"，并改古灵庵为塔山婆婆殿，终日香火供奉。又因塔山与何仙姑故里何仙观近若咫尺，于是，乡民们都愿意相信，这仙女婆婆，其实就是"八仙过海"里那唯一的女仙——何仙姑。

云台山在高处，有孤寂之静。她明显没有塔山那么热闹，又没听说获得过仙女婆婆点化，那些茶树，便也就只是些山野之树，似乎此前一直难称嘉木。

四

我离开供职的上梧江后，十余年间，曾回去无数次，但云台山则只去过一两次，都是乘车而去，并未注目过那里的茶。这次再去，决计为茶而去，而且是经水路乘船优雅而去。

说优雅，是说此行毫无匆忙。这段水路我此前走得太多，太过熟悉，却少有细细观赏。我已决定好好写写这条河流，便需要重新去打量，去体味。

蓝天白云之下，河水清澈明净，河面波光潋滟，鱼跃鹭翔；偶有舟船漂过，又是波涌阵阵，浪花飞溅，鱼藏鸟惊。时不时会有码头上的瑶家阿哥与对岸码头的瑶家阿妹一阵阵煽情的瑶歌对唱，惹得江中游船上游客的嗓门也是痒痒的。这分明就是一幅绝妙的山水画图呢。

俗话说，心情好，路就近。

目光随意捕捉眼前掠过的一切，思绪也随之慢了下来。只感觉还没过多久，就听船家喊着要靠岸了。一看，果然是下岭铺码头到了。

下船登岸，已有车辆在码头上等着。驱车爬岭，一路攀行向上，竟瞬间想起几位古人。

元结，在祁阳，曾沿着一条小溪攀行，走着走着，爬上一个高台，看天阔江远，喜欢上那地方，便将那条小溪命名为浯溪。

柳宗元，沿着冉溪漫步，走着走着，到了溪的源头，喜欢上了这条小溪，改冉溪为愚溪，写下《八愚诗》及序，这是在永州城内。再某日，他随刺史韦彪去阳明山下黄江源头施法求雨，发现了黄江源之大美，又写下了《游黄溪记》。

王维，也是顺着一条小溪走到溪的尽头，一气呵成写下《终南别业》，发出"行到水穷处，坐看云起时"的感叹……

我从下岭铺码头去云台山，虽然同样沿一条叫作下岭江的山

辑二　倬尔身影　113

溪行进，却无前文所述几位大咖那样的旷世之叹，愧无奇才呀。

不过，这也没什么太大关系。因为当年修路打交道的那些人还都熟识，我能随意到瑶人家讨得茶喝，被瑶胞们挽留着大碗喝酒，大快朵颐，愿围在火塘边听他们唱罢瑶歌再讲故事。然后，循着故事里一些端倪，回去翻检《道州志》，查《永州府志》，读《南明史》，特别是读《王夫之年谱》，竟有惊人发现。

明朝末年，一个叫王夫之的士人，对明朝灭亡心有不甘，决然走上反清复明道路而遭清廷追缉。他一路奔波，也是搭乘一楫木舟，于1654年八月，轻装简行，溯江而上，来到上梧江的大瑶山里藏身。

当年的王夫之，携着家人，隐姓埋名，也是沿着我驱车上云台山这方向去云台山躲避追杀的，只不过他那时走的是崎岖且满是荆棘的羊肠小道。他时而避居在下岭铺下岭江"枫王庙"，时而避居在云台山"云台山庵"。如他自己所言："间多匿居猺洞，变姓名为猺人。傲啸山林，寄情云水，友麋鹿而伍猺人，参道秘而息心影。"

五

就像陆羽煮茶，也是一种天生注定那样，每个人，似乎都自有宿命。

据说，陆羽三岁时曾被遗弃在西湖边上，幸得龙盖寺住持、唐代名僧积公大师收养，取名鸿渐。可他长到九岁时，仍不愿削发为僧。寺中禅师便想用繁重劳动迫使他回头。扫地、洁厕、踩泥刷墙、上房盖瓦，还有百二十头牛要放，还要冲茶。那时，茶字写作"荼"，属药类，只有病人才喝。那种苦滋味，或浓或淡，甚难把握。哪知，陆羽煮茶，火候拿捏得甚好，让平日里事事苛求他的禅师，也感到极为满意。

后来，他逃离龙盖寺，跑去戏班做了丑角。他诙谐地说自己"有仲宣、孟阳之貌陋，相如、子云之口吃"，把丑角演得很好，深得由河南府尹贬为竟陵太守的李齐物赞赏，获送诗书，再荐他去竟陵火门山邹夫子处读书。从此，他有了四处出游、品茶鉴水的机会。

天宝十三年（754年），陆羽离开竟陵，专心踏上探茶之路，广游天南地北，结识诸多贤达名士，互为品茶论道。终在永泰元年（765年）他48岁那年，完成《茶经》初稿，也因此被奉为"茶圣"。

而王夫之，当年躲过追杀，偏居云台山一隅。他晨观云海，夜望繁星，时时以云为裳，与僧为伴，在一株株古茶树间弄枝抚叶，与叶芽对语，间或伴有苦苦思索。经历这些孤寂清苦，也许于他不足称奇，但忙于奔命尚能将自己所思归体为学说，其哲学思想从此起航，这才是常人做不到的。这大概即是王维那句"行到水穷处，坐看云起时"的境界吧。

离开云台山不久,顺治十二年(1655年)八月,王夫之很快完成了他的第一部理论著作——《老子衍》;七个月后,又完成了《黄书》。从此,从矢志反清复明,转向闭门著书立说。他是把自己藏在深山荒野,在冷风凄雨、昏暗灯光之下,写出达天人之理、通古今之变的书的人。从这个意义上讲,云台山尽可算是王夫之人生一个重要的转折点,自此,他一发不可收,终成一名哲学思想大咖。

"佛宇不可知,云留高树里。日落钟磬声,随云度溪水。"王夫之留给双牌云台山的这首五言绝句,就叫《云台山》。

原来,自那之后,云台山便有了越来越多人的气息,得天人合一,云台山的茶,便自然羽化为"南方之嘉木也"。

此番探访云台山,几位文友围坐品茗。于朗清澄明之中,仰望苍穹,俯瞰絮云,闲聊世事,不时几簇轻云拂面,瞬间雾漫过来,雾霭萦绕周身。千里迢迢从外地到云台山上以茶为业的茶人阿曾,边执壶泡茶边打趣说:"索性拽一缕闲云拌茶泡了吧。"我就着话题反问他:"泡的是王夫之抚弄过的那株茶树上采下的茶吗?"他笑着回答:"暂未确考,诸位大咖想着是便可算是。"博得大家一阵开怀大笑。

果然,一盏在手,细啜慢品,我不仅闻到了茶汤中弥漫的哲思气息,还仿佛看见一株更高大的茶树,立在云雾缭绕的云台山巅。

待看生出故乡云

清代书法大家、堪称"宋诗派"代表人物的何绍基，明明是道州人，却见他常在书法和诗稿里自署"九子山人"，让我好生纳闷。后潜心研读他的诗作，才有幡然之悟。

九子山在哪儿？长沙望城是也，因有九座跌宕起伏的山峰而得名。

今之九子山，已是长沙城区一处集山水风光、历史文化于一体的风景名胜，有"江南小黄山"之誉。但在一百多年前，却是一块人迹罕至、名不见经传的荒芜之地。

道光二十年（1840年）二月五日，官至工部、吏部、户部尚书等朝廷要职的何绍基父亲何凌汉去世了。那年八月，何绍基扶柩自京南归，十二月抵达长沙，厝居南门外洪恩寺。而后，四处为父亲寻找墓地，终在长沙城外河西（今长沙望城）觅得一块叫"九子山"的风水宝地，次年四月葬父于斯。

为什么选择将父亲安葬在离故乡道州千里之遥的长沙？

何绍基的《先考文安公墓表》写道："昔伯父以丁酉岁葬于

长沙之东乡，公叹曰：家无一亩，归里为艰，吾他日其亦将卜兆于湘中矣。"

这里说的"丁酉岁"当然是指道光十七年（1837年）。"伯父"是指何凌汉同胞兄长何启皓（即何凌景，字健园）；何凌汉次子、何绍基孪弟何绍业出嗣伯父健园公。

同样是《先考文安公墓表》，还写有"绍业，四品荫生，候选县主簿，出嗣伯父健园公，先殁"句。而何绍基撰《先妣廖夫人墓表》亦有"绍业，荫生，候选县主簿，出嗣伯父，先卒"句。

学者王勇，在攻读湖南大学硕士学位时撰写的论文《何绍基及其家族诗歌研究》中，引用民国元年（1912年）活字本《〈东门何氏族谱〉东洲草堂·附录》里的一段话："文绘公长子，启皓，后改凌景，字健园，以胞弟贵，册封通义大夫，晋封光禄大夫都院左都御史加一级。生乾隆甲申九月初五日，终道光丙申五月十一日，葬长沙，以弟凌汉次子绍业来继。"何绍基在《望九子岭》诗中也有"伯父健园公葬湘江东蚌塘，距九子岭八十里"和"子毅（绍业）弟及其原配李孺人墓，皆于是年卜葬，距九子岭不远"两句诗注。

这些足以证明，何凌汉去世之前，其兄长何凌景去世，是因故乡"家无一亩，归里为艰"，不得已，选择买地安葬长沙之东乡。

始在家乡道州东门鹤鸣轩中课徒的何凌汉，自嘉庆六年（1801年）拔贡生而入京城，最初只是吏部七品小官。到嘉庆九年（1804年）应顺天乡试成为举人，次年殿试中一甲三名探花、授翰林院编修之后，才第一次"假归东门村"。他把老婆孩子一起接往京城，此后，了无牵挂，便少有回到故乡了。首要原因当然是春风得意，踌躇满志，一心一意忙着朝廷大事；其次，是归乡路远，交通不便所致。

但少有回乡，并不代表他不爱家乡，不思念家乡。

道光二十四年（1844年），何绍基作为副考官去贵州主持甲辰恩科，典考结束归京途中，曾作《题王蓬心先生永州画册》，诗中有句："纡夷折叠径千里，吾乡溯湘兼溯潇""惜哉早岁别乡邑，屈指几度停归桡""先公在官四十载，晚年归思如波涛。主恩难报山岳重，天风遽折松楠乔""邓叟杨侯辱我爱，新诗苦语勤相招。使舟恰从澧浦泊，归路好向西湖钞"。诗后还有如下注解："邓湘皋丈、杨紫卿兄皆以为必过里门，岂知出使非请假不得擅归也。"他借为好友题画，抒发父亲及自己的思乡之情，不可谓不浓烈。

归乡之路溯湘溯潇，翻山越岭，终让何凌汉叹而立嘱："吾他日其亦将卜兆于湘中矣。"

何凌汉说出这话仅四年多，就一语成谶。何绍基扶柩归乡当然便不再将父亲送归故乡道州，而是遵父亲嘱，选地落葬长沙。

还是那首《望九子岭》，其中有一段长长的诗序，何绍基对为父亲选墓地的过程，有极为详细的交代。他说将父亲灵柩暂放洪恩寺，四处觅地，跋涉三个多月仍无结果。一天晚上，梦见与两个弟弟行走在荒野间，遇石碑刻"一女开九子"五大字，寤而思曰："得无地名有九子乎？"恰好，一位叫杨铁星的门人第二天来说，他父亲也做了一个梦，梦见何公凌汉到他家，当杨父问他"佳城何在？"时，答曰："在浏阳。"杨铁星提示说："一女者，非谥中'安'字乎？"去问习青乌之书，懂堪舆之术的好友李载庵，得到答复："湘西，吾所家也。五里外，有九子岭，恒所往来，未见有善地。"何绍基仍不甘心，说："既有是岭，地在是矣！"坚持拉着他再去踏勘。

接连翻山越岭走了几天，终来到一平冈之地，有豁然开朗之感。环顾四周，青龙白虎、朱雀玄武，前堂明亮，后有靠山，暗合了风水学的各种要素，何绍基分明觉得是找到了自己想要的风水宝地。

"载庵亦首肯，旁两舆夫啧啧称善。余顾曰：'汝何人，亦解是乎？'问其姓，一刘一杨也。余意遂决。地主人郑氏，初不知余为何人，成契后始告之。其父子咸诧曰：'自去年三月来，山上恒夜有火光，村里惊救，迫视则无之。如是者屡屡，今盖验矣！'闰三月得地，四月卜葬。余居墓侧，造坟垣，立享堂……至年底而事毕。"这是从那篇诗序摘录而来的一段原话。

但何绍基和他的后人怎么也没想到的是，一百多年后，归葬在这块风水宝地上的何凌汉，其墓遭受极其严重的人为破坏，不仅御赐规制的石羊等不见踪迹，就连墓碑也破损零落。一些被毁坏的石碑残块，竟被当地百姓搬去用作厕所的蹲坑石。直到20世纪90年代，何氏家族花钱收回几块，才在东门村整修宗祠时，将其嵌于祠堂墙壁之上。

按当时习俗和规制，无论高官显爵，父母去世后都要守孝三年，是为丁忧。任职国史馆，充武英殿总纂，然后又奉命去典福建乡试的何绍基，当然就要请辞在乡为父亲守孝了。于是亦"方庐墓山中"，同时"授徒于山庐"，直至道光二十二年（1842年）回京复职。这期间，何绍基居丧授徒，长时间待在长沙九子山，也因此有了"九子山人"之号。

我的理解，何绍基在九子山是一边为父守孝，一边讲学，与同道研习书法，用现在的话讲，他在九子山开了一个"工作室"。工作室的名字就叫"九子山巢"，他当然便是"九子山人"了。

今藏于私人之手的《为霁南临颜真卿争座位帖册页》，款题即"霁南四兄大人正临，弟何绍基于九子山巢"。藏于北京故宫博物院的《楷隶杂书册》，页后亦钤有"九子山人"朱文印。此书作于咸丰七年（1857年），时何绍基五十九岁。据说，该册页系由其亲属吴观礼收藏并转赠他人的，其真实性当是无疑。可见，自何绍基四十二岁以后一个时期，他曾有"九子山人"之号。自五十六岁始号"猿叟""蝯叟"后，多钤署新号，但出于

辑二　倬尔身影

对父亲的怀念,"九子山人"之印偶一用之。

读他的诗,仅龙震球、何书置校点,岳麓书社出版的《何绍基诗文集》所收,涉及"九子岭"的诗文,就有十余首(篇)之多。

咸丰十年(1860年),主讲山东泺源书院的何绍基思归心切。如《宗涤楼忆永州山水图》所言:"秋来乡梦多如雨,南望家山何处所?濂溪水清月岩古,乃在潇巖最深处。""惟有家山景特殊,幽不厌深奇不怪。""何时一棹却归去,选住烟山深处村。"至九月,即告别济南返湘,次年二月起,他主讲长沙城南书院。

年届六十三岁的何绍基,决意定居长沙。是年秋,他修葺九子山父亲墓庐后,便移居九子山巢。他在《秋来修葺九子山墓庐将移居焉》中感叹:"儿今老作农家子,盛酒泥盆胜玉杯。"

同治元年(1862年),何绍基最后一次回故乡道州,旧友杨海琴时任永州太守,除悉心陪游,好生款待,临别时更以祁阳石相赠。祁阳石其时被列为贡品,是严禁采挖的。杨太守要送此大礼,还得好好地动一番脑筋。说是何绍基租乘的船太小啦,经不起湘江之风浪,需搬几块修城墙剩下的石头压压舱,方才安全。何绍基以《於桐轩大令以吾舟太轻命石工以修城石十二方压载皆采自浯溪者》一诗记之:"浯溪选石护城根,移载扁舟压浪文。九子山巢好安置,待看生出故乡云。"

祁阳石是上好的砚台石料,石质细腻,石纹如云,"紫袍玉带"者尤其珍贵，当朝那些达官贵人尤其文人雅士都喜欢得很，因之才成为贡品。好友的深情厚谊，他当然视为珍宝，将砚石搬回他长沙"九子山巢"好生收藏，不时捧出来赏玩一番。如诗中所云，他将砚石上的花纹喻为故乡的云朵，思乡之情能说不深？如果能够直视他的内心，我们一定可以在他胸腔之中看见一条情涌的河流。

那次回故乡，他乘船返长沙，当小船行至潇湘二水汇合处一个叫老埠头的渡口附近时，但见江水北流而去，心中百感交集。迎着河风卷起的微浪，他躬身掬一捧潇湘水一饮而下，瞬间吟出一首《老埠头》："古树平坡老埠头，潇川于此会湘流。其中半是濂溪水，令我回思营道州。生世岂无乡社恋，浮踪惯作万山游。元公自适非忘适，径指匡庐作故丘。"

何绍基视九子山巢为第二故乡，并立嘱，百年之后也归葬在那里长伴父母（何公子贞府君墓，在今长沙市天心区石人村石竹坳东山坡），但我们又分明看得出，他内心之中亦是纠结过的。"……携来双管随人瘦，别后千山如梦帘……但求粗了浮云债，稳向东洲老屋眠。"你看看，他另一首《忆东洲山用前韵》的诗句告诉世人，长沙九子山，虽是他父母、亲人归葬之地，然而其灵魂，又怎会割舍得下故乡道州和生他养他、祖先长眠于斯的东门呢？

"横平竖直"墨留香

盛夏，北京，天气异常燥热。咸丰二年（1852年）七月二十六日，天虽然湛蓝湛蓝的，悬在天空的太阳，却一如红红的火球，云彩好像被烧化了，消失得无影无踪。炙热的空气中弥漫着烦闷的情绪，所有人似乎都有些浮躁。树上"知了，知了"欢快的蝉鸣不愿停歇，正应了何绍基这天的心情，是格外的好。

何绍基因母丧服阕，从长沙回京销假已有小段时日，这天终于等来皇上诏令。得其好友张芾全力保举，咸丰帝拟重新委职于他。临前，召何绍基到避暑上朝的圆明园问话。

"午饭后，赴园，至根云处话，留晚飧，至内阁朝房借住……"何绍基《西砖日记》记载，满心喜悦的他得到消息后，头天中午就赶往圆明园与朝中好友聊天，晚上又借宿内阁朝房。

这日清晨，他赶早起床精心准备，正着官袍，一路小跑来到勤政殿。但见圆明园内各种鲜花次第开着，红的、紫的、粉的、黄的，一如绣在一块绿色大地毯上的灿烂斑点，空气中更是散发着浓郁扑鼻的幽香。成群的蜂蝶鸟雀，在花枝间穿行起舞，似乎在欢迎他。他却没闲心留步赏景，心里自顾猜着皇帝会问他些什么，他又该如何一一应答。

何绍基父亲何凌汉，官至户部尚书。虽已去世十二年之久，却因其德学俱佳，君臣齐赞，福荫子孙。何绍基丁忧结束回朝，自会受到咸丰帝一番君仪天下般的皇恩慰藉，并垂询其家世、学业、时务观，以及原籍道州"被贼"后湖湘防堵情形。《何绍基年表》载，又经历十余天忐忑不安的等待，他终于盼来升迁的好消息。八月初六日，即有他被简放四川学政的特旨。初九日，咸丰帝复于乾清宫西书房召见何绍基。

四川学政，大致相当于今之教育厅厅长。对一个这样等级的职位，为什么咸丰帝如此重视，亲自考察、钦命，还先后两次召见何绍基呢？

从日记中记述当年咸丰帝跟何绍基耳提面命般的那些对话，以及后来何绍基到达四川，在成都受到将军品级以下各官员的迎接来看，他入川履职，是得到咸丰帝极度信任和特别授权的。而他到任后所作《恭报到任折》等奏折，很快得到咸丰帝"一切地方情形，随时访察具奏"和"汝能如是认真，朕甚嘉悦，嗣后……随时上奏"之朱批，自然是缘于他在奏折中尽呈民情，尽表民愿。

领得钦命、大受信赖的何绍基，当然内心激荡，心怀感恩，以为自己终于遇到伯乐，自然是以一种"饮君滴水恩，我当涌泉报"的心态走马上任的。其到任伊始，便在《自题骑牛图同诸君

辑二　倬尔身影　125

子限韵二首》里有句："承命谕蜀来，江山拓闻见……何日鹳鹅军，红旗飞一片。"足见得他彼时心志。

何绍基，出身于耕读世家、书香门第，幼承家学，特别是受其舅舅的影响极大，少年时代即以诗才敏捷闻名乡里。虽然自嘉庆二十一年（1816年）十八岁参加乡试，直到道光十六年（1836年）他三十八岁时才中进士，前后历时二十年，其实，若不是出了意外，何绍基是差点儿夺得头魁喜中状元的。与何绍基同晋进士的陆以湉，其《冷庐杂识》记载："丙申殿试，何子贞太史卷已列进呈十卷之首，旋以'大行'二字疏忽避讳，为阅卷大臣指为'语疵'，改置二甲第八名。"

如此这般屈为进士的何绍基，曾先后主持或协助典考福建、贵州、广东乡试，供职国史馆更是长达十年之久。学富五车、才高八斗却又生性耿直的他，不愿仰人鼻息，不善阿谀奉承，不识投机钻营，不因自己入仕之途历经波折而让后学重蹈覆辙，恪守唯才是举的识才用人之道。如同一生学书，讲究"横平竖直"，留墨有痕，力透纸背，既是他秉持的书法理念，亦是他人生态度的写照。

因为有才，便多少有些任性。加之又是从偏荒之地湘南道州走出来的士子，天生有种耿直爽快、不施变通的性格。这种不装不作或许会被意气相投的文朋好友视为真性情，但于"职场"之中却不见得能讨"领导"与同僚喜欢，自会时有碰壁。相比之下，其父何凌汉自嘉庆六年（1801年）拔贡生，嘉庆十年

（1805年）一甲三名进士，可以说是仕途一路顺利向上。遗憾的是，何绍基并没能承袭其父官运。其实，是他没有深谙进退自如的"为官之道"，并未真正悟得官场"法门"。

突然想起，近日读沈启无《近代散文抄》，《花雪赋引》里有"夫楚人者，才情未必胜于吴越，而胆胜之"一句，是作引者袁小修褒扬《花雪赋》之作者、湘中文士周伯孔的句子。我瞬间觉得，这话拿来形容何绍基是再合适不过了。

那年那月，帝国主义列强的坚船利炮强撞国门，清王朝如落日西下，一天天走向衰败。朝廷及地方的大多数官吏，却无暇顾及这些，他们无视国难民艰，自顾贪公肥私，搜刮民脂民膏。巴蜀之地似乎听不见利炮轰鸣，望不见坚船桅影，又远离朝廷视野，那些庸官污吏依旧偏安自乐，唯百姓叫苦不迭。世风日下，周遭人悉数为世事所玷污，何绍基恰处污泥之境，但他自能清者自清。

世间事，总是无巧不成书。北宋大儒周敦颐濂溪先生，恰是他道州同乡。读何绍基应周元公后人之邀所撰《濂溪周氏族谱序》，开篇即见这样的句子："况濂溪周氏之谱更何借藻饰于人言，而人亦何敢自忘卑劣，昧昧然以序之乎？""君子之泽，可以百世"，恭敬之至之情状跃然纸上。收篇之语："余既为序是谱，方拟游庐山，拜元公之墓。"则分明是在表明自己追崇贤明的志向啊。

时间的指针回拨到796年前，这位同乡先贤入川署合州判官，高德流芳，后来舟口镇竟因周敦颐而改名周子镇，令他倍感荣耀。他甚至觉得，自己仿佛是从故乡一路追随先生而来的。"出淤泥而不染，濯清涟而不妖"，《爱莲说》里的这些句子，何绍基不仅"横平竖直"地挥毫书写了无数遍，或匾额，或对联，或中堂，一幅幅分赠给同好挚友。用他日记里的记述来说，是"求必应之"。这些醒世名句，既成了士子们的座右铭，浸染他们的言行，也时时警示着何绍基自己。

区区学政之职的何绍基，不以位卑而不为。不仅各州府科考他亲自监督，还行督查各州府学官之责。借由巡察考举，何绍基察觉诸多吏治漏洞，不仅力推整顿各地提调官及考场舞弊不正之风，连同那些原本不属学政职责的民事、刑事案件，他亦兼有处理。比如，他发现大吏需索陋规，请旨裁饬；再如，南江县郑怀江冤狱各案，皆据所闻入告钦使至均如所议平反。他为底层百姓申了冤，却被上上下下众多既得利益者视为另类，与贪官污吏结下了梁子。他上书朝廷所列一条条、一桩桩，秉笔直书，落墨透纸，毫不留情地弹劾污吏，动别人奶酪，显然是犯了旧时官场大忌。

何绍基咸丰四年（1854年）十一月二十二日所奏《敬陈地方情形折》，是我暂时能查阅到的他学政之任最后一份奏稿，咸丰帝竟未像往常一样朱批回复他。次年四月五日，何绍基遂因"屡陈时务十二事"，被责以"肆意妄言"。事实上，是那些被触及利益的权贵们，勾结抱团，联合起来出手反击了。他们拼凑一连串状词，诋毁诬告，极尽谗言陷害何绍基。深感皇权统治受到威胁的咸丰帝，为平衡关系，竟不分青红皂白地免去了何绍基学政之职，给予降调三级责罚，意图"丢车保帅"。最终，何绍基非但没能澄清川中吏治，反而把自己那顶乌纱帽整丢了。

那道责罚他的诏令传到四川时，他还蹒跚行进在蜀道之途，一心一意忙着"下乡"主持各州县童生考试。等他回到衙门接获"降官调职"皇命时，竟是两个多月之后。犹如被变相"放鸽子"的何绍基，从此心灰意懒，绝意仕进，干脆坚辞所有官职，一心一意去"玩"他的诗词文章和"何体"书法，去讲学布道、校刊古籍，传播湖湘文化去了。这才有了他后来被誉为"有清二百年以来第一人"之盛名。尤在书法上诸体皆擅，熔铸古今，形成其独具特色之貌，获得曾国藩"字必传千古无疑矣"的评价。

《何绍基日记》载，咸丰五年（1855年）六月八日交印于四川总督，然后打点行装，辞别旧友，出游峨眉瓦屋，始其游历天下之途。

"蜀中父老勤相忆，莫惜因风寄好音"。话说回来，那方百姓确实真心敬重和留恋他，相伴给他送匾、送万民伞，见者皆呼"好大人"。举子学士们也钦佩其秉性和真才实学，纷纷上书督院挽留他。何绍基心里既感到欣慰，又直叹宦海沉浮、人心不古，遂千方百计辞却邀请。

"三年搁笔草堂诗，敢较低昂杜拾遗。""遥遥尚友归忠爱，潏潏残秋动别思；万里桥西好风景，可无亭馆映参差。"这是何绍基的一首七言律诗，曰《离别》，收在《何绍基诗文集》中。

他始终难以释怀的是，自己秉承皇上旨意将四川弊政上书朝廷，无愧于心，到头来却被撤了官职，愤慨和孤寂之感，唯有在内心深处默默向杜甫倾诉。秋高云淡之下，秋风吹起离愁，就此作别巴蜀父老，何日还能重来呢？

六月二十七日，何绍基偕幕僚吴寿恬、顾幼耕及儿庆涵等人同游草堂，与杜公作别。他借诗言情，既表露自己心迹，也寄寓他对草堂、对巴蜀大地的万般不舍与念念流连。

不难想象，当年何绍基怀着极度落寞的心情踏上蜀道，迈步向秦川，朝西安徐徐而去时，他一定是频频回望的。有如《去蜀入秦纪事抒怀却寄蜀中士民三十二首并序》中的那句："俾士民知我之不能忘蜀人，犹蜀人之不能我忘也。"

不唯巴蜀父老对何绍基念念不忘，世人也不曾忘记他。从四川学政任上致仕，嗣后四处游历，观碑访友，或来往于济南泺源书院与长沙城南书院之间讲学，或受曾文正、丁雨生延主苏州、扬州书局，校刊《大字十三经注疏》，至同治十二年（1873年）病逝，魂归故乡，安葬于今长沙市天心区石人村石竹坳东山坡。

一个半世纪岁月更迭，他"横平竖直"、力透纸背的墨宝，如今仍被天下雅士喜爱和珍藏，其诗文墨迹或被广为勒石留痕，或依旧悬匾于堂，连同他良好的声名一道径自传扬，百世流芳。

云上犹闻歌诗吟

幸与何绍基同姓同籍，还忝列何绍基文化研究会特约研究员，便一直企盼踏访何绍基的足迹，意图与他隔着时空来一番心灵对话，真切探究先贤心迹。

七月，正寻思规划今年的年假，妻子就嚷着要去她向往已久的贵州西江千户苗寨游玩。而我，也正好想来一趟何绍基当年"使黔"主持恩科乡试的寻迹之旅。虽与妻子"划重点"各不相同，但终归是一途，行程很快拍板敲定。

盛夏出行，热肯定是标配。火辣辣的阳光照射下来，热得令人透不过气来。但因为是疫情过后重启的旅游模式，难耐的酷暑，让人觉得似乎也清凉了几分。

再去看那炙热的太阳，仿佛多了些春天般灿烂意味。各种花竞相盛开，红的、白的、紫的、蓝的、黄的，像缀绣在一块巨大地毯上的五彩斑点。蜜蜂在花枝间飞来飞去，不时停歇下来亲吻一朵花蕊。草叶的青涩味，经太阳一阵蒸晒，竟然焕发出阵阵甜醉的气息。

我们选择从故乡道州出发，经厦蓉高速转二广高速、沪昆高速向北驰行，先是到湘西南重要商埠之地——洪州古城。稍作游览，得空往后备箱补充一些生活必需品，再驱车去往芷江，自此开始重叠当年何绍基一行入黔的路径。

时针仿佛被回拨179年，穿越到道光二十四年（1844年）。

这年是甲辰年。《何绍基年表》记载："五月初一，奉命充贵州乡试副考官。九月榜发，得四十贤，黔中人士盛称得士之盛，前所未有。"意思是说，那年五月初一领得诏命，他作为副考官，与正考官万青藜同赴贵州主持恩科，甄拔"沧海蛟腾四十贤"，为黔之前所未有。

如他《出都四首》所写："因循逾二旬，官牒促鞭弭。北堂一跪拜，簌簌泪不止。""使车今再发，能不心怦怦？""破涕从此行，家书几时寄？""乃怅半年别，念我万里行……遇川必怀珠，逢山当采琼。只虞力不足，还戒心自盲。誓撷边山秀，归使大国惊。"难舍堂上慈母，更难却皇命及身；唯恐力弱难当，又分明是壮志满怀。

彼时，他们一行是经湘西取道黔东南去往贵阳的。他那首《辰龙关遇雨》和《芷江行馆近接杨家唐家两园为赋二小诗》，"透露"了他们彼时行程。大致沿着现今湘黔铁路走向，从辰溪、芷江、晃州、玉屏，到镇远再到黄平……一路畅游佳胜，四处吟诗题墨，相互唱和助兴。他歌咏贵州山川美景的诗文，辑为《使黔草》，流传至今的，便有《玉屏山》《青龙洞》《文德关》《飞云岩》《云溪洞》《牟珠洞》《响琴峡》《见示阳明先生遗像敬赋书后》《九日登黔灵山》《漏勺泉》《葛镜桥》《诸葛洞》等，且勒石众多，成为"黔文化"一张张亮丽名片。那次使黔，何绍基还巧遇既是湖南同乡，还与他父亲何凌汉世交极深的贵州巡抚贺长龄。

研读何绍基诗作便知，使者一入黔境玉屏，贺长龄就派部下恭候迎接，陪同和侍候万青藜等人去贵阳。这种礼遇，当然是接待乡试考官的惯例和标配，尽显地方大员对教育的重视。但也不可否认，其中更有贺长龄与何绍基之间虽只年长他十四岁，却可称呼他世侄的私情。

何绍基的《入黔省界中丞丈遣吏来迎意当有家书先至黔却寄来此乃不可得作诗寄子愚弟》诗，透露很多信息："母言儿弟善承欢，儿念君恩强自宽。六十日同经岁别，七千里盼一书难。思亲泪滴溪流热，作客心吞月气寒。山馆灯花聊慰藉，连宵归梦话团圞。"显然，这应当是何绍基离京启程时对家人的嘱托，说写信直接寄贺长龄转交便是。这表明，贺、何两家关系非同一般，这是题外之话。

果然，何绍基一路跋涉，刚过湘黔界，弟弟何绍京（子愚）寄的家书就已抵达贵阳，送到贺长龄手中。但这信却不能交给何绍基，这是何故？原来朝廷素有规定，考官主持乡试之前，不得接收家眷亲属来信，是为提防舞弊。所以，何绍基知道家中有信来，却不能捧读。

到达贵阳，贺长龄拿出子愚来信，让人展示给何绍基看。当然，这是否算作徇私违例，我们姑且按下不表。我更感兴趣的是，他们车马轿船，水陆兼程，从京城一路走来，一走就是两个多月。

途行之中，何绍基写有《柬万藕舲学士》，与一同使黔的主考官万青藜唱和。其中有句"舆夫避淖乱插足，穿阡度垄轹麦禾""使者心伤色愈厉，王程期限无委蛇""从今罢赋行路难，苦雨苦热渐不歌"可见路途之艰，不亚于"难于上青天"的蜀道。

离家太久，何绍基岂有不思念堂上老母之理？他之情深恰与诗题契合，《贺藕耕中丞丈得子愚弟六月廿八日书有家中平安语遭人持示典试例不得通家书也且慰且怅》："万水千山少雁声，平安传语未分明。高堂白发行人泪，一例关防似不情。"

另有《寄家书》："桂花香里平安字，计到家时菊酒浓。老母开颜应一笑，儿书两月十三封。"奉命入黔，忠孝不能两全，两个月写给母亲的信竟有十三封！

贵州甲辰乡试，三千六百名（一说五千人）考生逐鹿科场。待九月揭榜，四十名学人中举，被称为清代贵州科举的高峰盛年。

揭榜之时，贺长龄抑制不住激动心情，张口高呼："主司得人也！"他对两位考官的感激之情自不必说。待考官忙完考务，巡抚大人尽地主之谊，盛情挽留他们小住几日，以表谢意。可两位考官想到的是回程路遥，若不及早动身，就无法按期回京交差。这种急迫的心情，也可从何绍基诗中看出端倪。

一是返程再过飞云岩时，复吟一首《望飞云洞》，诗曰："山山红叶易斜晖，遥认孤亭山翠微。惭愧山僧迎马首，客心今似白云飞。"寥寥四句，却勾勒出一幅鲜活的山水画：不仅有飞云洞四周红叶醉透的秋景之美，还有山僧招手相迎的灵动，甚至诗人因归心似箭无法驻足赏景而对诚心相迎的山僧心生愧疚之内心世界，也表达得明明白白。这与诗人数月前路过此地时，心情判若两样。那时，他写下一首七古长篇，以赋体手法，对飞云岩的动态与静态做了细腻描绘，想象瑰奇，比拟贴切，令人称奇。

二是何绍基本想返程时绕道长沙，顺便祭拜归葬在九子岭的父亲。加之"黔试甫竣，长沙友人唐印云书来谓我必归，谆谆延伫；卒以迂道往返，须耽延月余，请假不便，省墓莫由，凄怀惘惘"。归期太紧，他连祭拜父亲的愿望也没有达成，还拂了旧友美意，只好写下一首长长的《望九子岭》五言诗表达心境："船头望湘山，云树莽纷纠。天空祠墓寒，秋叶谁秉帚？"那会儿，诗人是否泪眼婆娑，我们当然无法亲见，但我读这首诗时，着实是一眶浅泪的。

即便如此，他们舟车劳顿回到京师，也是两个多月后的十一

辑二　倬尔身影　　135

月底。他那首《廿六日入城宿杨墨林寓园廿七日复命后抵家作》写道："弟侄喧呼使者回，半年慈抱一时开……围炉已是销寒后，良友迟留雪夜杯。"

岁月飞逝，何绍基"使黔"179年后，我以其诗句为"攻略"，勾勒出他当年的行迹，携家人驱车奔行，去寻觅他的履痕。

驾车经行包茂高速、沪昆高速和天黄高速，到达号称"滇楚锁钥、黔东门户"的镇远，开启我们此次旅行的第二站——黔东南苗族侗族自治州境内部分景点的游览。

在镇远古城，我们坐着游船观赏穿城而过的舞阳河两岸夜色，游览采用"吊、借、附、嵌、筑"等奇特工艺，依山因地构筑而成，"道、儒、佛"三教寺庙群生的青龙洞、万寿宫等阁楼洞天；在西江千户苗寨，观赏苗岭梯田和苗家吊脚楼，到嘎歌古巷观摩体验造纸、蜡染、银饰锻造及刺绣等传统技艺，品尝苗家特色美食；在黄平飞云岩，领略"贵州第一古刹""黔南第一洞天"的俊美，感受历代文人墨客摩崖碑刻的艺术魅力。

特别是立身飞云岩前，望着山门前拐着大弯、自家乡湖南蜿蜒而来的湘黔公路，不时可见一些古驿道遗迹，好似提醒过往者，这真是明清以来京师通往云贵、缅甸的必经之道。驿道上，马蹄踏过路石传出的铿锵声和商队驱车驮盐运茶发出的銮铃声，恍若自远及近，再由近至远响起，似乎诉说着这条路上曾经的喧嚣与繁忙。

一处处被雾气浸润的碑墙格外鲜红，古人留下的墨迹愈加清晰。历朝历代一百多位文人雅士在此留下的诗赋，让飞云岩透着一种高贵。

比如王阳明，明武宗正德元年（1506年）冬贬谪龙场驿，从湖南进入贵州，在飞云岩小栖，留下"天下之山，萃于云贵，云贵之秀，萃于斯岩"的惊叹。又比如林则徐，嘉庆二十四年（1819年）充任云南乡试正考官，途经黄平，小憩于飞云岩，赞其"天然奇秀，真如金枝玉叶"。而堪称林则徐知己、我此行欲寻其迹的何绍基，二十五年后"使黔"，往返时两次路过飞云岩，留下那首七古长诗《飞云岩》，共八十句五百六十字，恢宏瑰丽，被誉为诸诗文中最见才气和功力的佳篇。

昔日的"黔道"，千山横亘，万水阻隔。古人穿云破雾，跋山涉水，依然诗意在胸，令人不得不惊叹称奇。如今，但见一条条高等级公路或高速公路，甚至一条条高速铁路，从这些被古人诗文涵养至今的景点旁擦身而过。车辆飞驰穿梭，时如地龙穿洞，时如飞龙在天，天堑变通途。我无法想象，倘若那些大雅先贤能穿越至今，他们见了，又会生出怎样的感慨？别的且先不言，欣然吟诗礼赞与轮番唱和之声，自会随云飘扬，千里传音。

再往后的行程，便是这趟年假旅行的第三站，从黄平重上贵黄高速公路至贵阳，与久别未见的好友阿雄雅聚。

贵黄高速公路，堪称一条美不胜收的云上之路。沿途峡谷中云雾缭绕，一座座大桥宛如巨龙腾跨云海，畅行的车辆，好似闯入一帧山青水绿、云蒸霞蔚的画幅之中。在一座隧道入口处，见到一棵百年古松立于绿化带中。有过城乡规划工作经历的我，一看便知，这是为避免迁移古树而做的个案设计与精心呵护。也正是公路建造者恪守这份情怀，才创造了这道独特的风景。

重情仗义的阿雄，尽东道主之谊热情招待之后，又让他一位当地识路的朋友陪同我们去平塘，游览参观"中国天眼"和"天空之桥"，身临其境地感受一番日新月异的新时代中国之变与科技进步。而后，我们与朋友挥手作别，踏上归乡之途。

> 这头穿山林那头捧日出
>
> 这头在云端那头入峡谷
>
> 这头拴住乌蒙雄关赤水河
>
> 那头系着遵义红楼黄果树
>
> 好一条宽宽的路
>
> 多彩贵州路……

依然是我们从故乡启程时走的那条厦蓉高速公路，当车辆驶入匝道，车载收音机里正播放王丽达深情演唱的歌曲《多彩贵州路》和蝶当久演唱的一首极具苗族特色的歌曲《路通苗岭》。

伴着愉悦的心情，七百公里，八个小时左右车程，当我们自道州南出口平安驶出，正是是日午夜时分，不曾误了归期。

短短四天假期，因为几乎全程走的高速，自由自在，且还走走停停，一路轻松漫游，轻而易举走完了何绍基当年两个月走过的行程，真好似一日千里。回家第二天晚上，我还兴奋地做了个梦，梦见自己依然是在飞云岩游玩。不仅打着不同腔调、说着各地方言甚至外语的游客轮番出现在梦境里，我还见到林则徐与何绍基被人簇拥着立在我身边，一边望着我微笑，一边捋着长髯听我吟诵他们留在石崖上的诗文。

何绍基归乡逸事

杨翰任永州知府时，打算修葺祁阳浯溪碑林等文化胜迹，想请寓居长沙城南书院讲学的好友何绍基，为浯溪摩崖碑林题诗题字。

杨翰，字海琴，曾与何绍基同为翰林院编修，两人熟络得很。有道是"人熟礼不熟"。杨翰请托时，并非简单一封修书说事，他知道何绍基故土情结很重，故而特意让人去往何绍基老家道州，弄来那里很出名的甘蔗和虾酱等土特产，请人专程送去（当然，一并送达的，一定还有何绍基嗜好的道州酸咸泡菜），然后，顺便捎上书信表述想法和求赐墨宝。

何绍基收到好友兼家乡父母官的礼物与书信后，自然极为开心。来不及说些推辞的客套话，顾不上向来人表达谢意，他便急着让家人打酒上桌，迫不及待地以酱佐酒，美美地品尝故乡的滋味。

待他缓过神来，发觉自己失态少礼之后，才急忙让家佣招呼来人落座歇息。又让人赶紧取笔研墨，自己就着兴致赋诗回谢，瞬间即成。便是后来被收录在《何绍基诗文集》里的那首《杨海琴观察自永州寄赠乡物小诗奉谢》。

"故人千里勤相饷,前有甘蔗后虾酱。老饕一笑快呼酒,但知咀味忘辞让……来书何苦幸促驾,浯溪芝山好修创。岂惟摩崖待题字,兼欲载酒先置舫……水行又须舟一叶,山行又费屐几辆……"

在回谢的诗中,他没有忘记提醒好友:要我去题字当然不是什么难事儿,只是你须多备些好酒,且需准备一艘船来接我才行。相知相交能共情的好友之间,亲密无间的情谊,已溢出诗行之外。

同治元年(1862年)正月,何绍基一过春节,便欣然泛舟向南,归乡而去。如其《解缆》一诗所写:"解缆不烦儿女送,舟人一笑是知津。"正月二十二日,他即抵达祁阳。二十三日,在祁阳县令於桐轩的陪同下,重游浯溪碑林。

在祁阳游玩两天之后,他继续溯江而上去往永州。船行途中,大致到了老埠头(今蔡市镇)时,已时至晌午。温文尔雅的何绍基,据说在那儿遭遇了他平生不曾有过的一次尴尬。

清徐珂《清稗类钞》里是这样记述这段逸事的:"子贞至永州……距城数里,忽饥疲,因憩食村店。食已,主人索值。时资装已先入城,乏腰缠,无以应。请作书为赏,主人勿许,竟典衣而后行。杨闻之,笑曰:'何先生法书,亦有时不博一饱耶?'"

说的是何绍基在镇上一家小店里吃了顿小吃充饥。待掏钱付账时才发觉，盘缠在另一条行李船上，已先行进城去了。身无分文的他，只好向店主解释原委，表示可为店家写幅字以充饭钱。店主并不知道何绍基身份，加之本身识不得几个字，便认为一幅字不抵用，死活不许。何绍基无奈之下，只得脱下外衣相押，方才脱身。

进得永州城里，见了杨海琴，说起路上所遇，主宾相视大笑。杨海琴笑着说："想不到何先生的书法，亦有时换不得一餐饱腹哪！"

这当然是道友之间幽默的打趣。在书法上被翁同龢誉为"有清二百年以来第一人"、获得曾国藩"字必传千古无疑矣"称赞的何绍基，其实也是杨海琴亦师亦友的偶像。"何体"书法，甚至被杨海琴学得几可乱真。何绍基一幅字，又何止只值一顿饭钱？话说到此，我不免为当年那位宁要外衣不要墨宝的店老板感到一阵惋惜。

就是这次归乡，何绍基应杨翰之邀，题诗《正月廿三日於桐轩大令陪游浯溪言杨海琴太守方议重修廿五日至海琴郡斋谈中兴颂碑有作用山谷韵》《杨海琴太守招游朝阳岩即事有作兼柬白兰言学使》和题墨《御制祭告舜陵碑》。他之佳诗妙墨，均被勒石成碑，百世流芳。

抵近观照

辑三

XIAOSHUILIUSHEN

"活"成一派文意盎然

有个习惯,每届鲁迅文学奖评选结果出来后,散文杂文奖获奖作品的文本,我基本上都会买回来。大多数细读过,也有选读其中部分篇目的,比如斩获第八届鲁迅文学奖的陈仓的散文集《月光不是光》。

碰巧,前不久,陈仓君参加"中国(永州)山水散文节"文学采风,应邀到了永州。我遂从案几上翻出此前读了大半的《月光不是光》一书,带到现场请他在扉页上签名。之后将书一口气读完。

这部散文集,收录《我有一棵树》《父亲的风月》《月光不是光》《哥哥的遗产》《喜鹊回来了》《老家是座庙》《拯救老父亲》《无根之病》八篇散文,以乡愁和亲情为主题,摹写乡村巨变的时代,漂泊在外的游子重返故乡时,心灵受到的震撼。其中,既有对过往生活浓烈的怀恋,也充盈着对当下生活瞬息万变的忧虑或热望,堪称展现个人经验、寄托内心情感、链接城乡密码、体察世态人情、记录时代变迁的文本载体。

陈仓的写作是跨界的。这从他的文学经历和他近年来各种文体丰硕的创作成果，便很容易看出来。而且，《月光不是光》里的文章，貌似也并不都是通常意义上的散文，算得上是跨文体的。用他自己的话说，是"每次下笔之前，从来没有计较过要写的是什么，因而文章多少有点'四不像'，还往往夹带着诗"。

他很多篇什里，穿插着不少真实有趣或极具意涵的故事叙述。比如，"爹拿木炭给我制成了笔，让我在地板上写字。我家大门上、墙壁上，至今还留着好多字，也有些算术题，还有几条留言，如'饭在锅里''钥匙放在门头上''夏天谁家借镰刀一把'……这些字，不全是我写的……（有）我爹和大姐写的，还有我哥和我妈写的。我妈和我哥去世三十多年了，他们没有留下一张照片，唯一留给我的，就是那些歪歪扭扭的字。每次见字如面，我都禁不住潸然泪下"（《我有一棵树》）。又比如，《父亲的风月》里描写"爹"在西安城里街道上和公交车里的言行举止，地点、人物都是真实的，却有大量的情节、细节、对话和心理描写。作品最初在《花城》发表，随后被诸多刊物转载，亦是被归类到小说专栏。更有趣的是，许多评论家撰文加持，都认为是彰显了"小说的情感力量"。

受篇幅所限，无法在此一一引证，但我确实读到了作者这种叙述的暖情，读懂了他借由故事想要的达意。

陈仓散文里的语言，总是那般直击人的内心世界，径直抵达灵魂深处。

"柳树身姿婀娜，比其他树敏感，可以更早感知春天，有些像潇湘馆里的林妹妹。"作者在《我有一棵树》中，感叹柳树生在不懂风月的农村，无人能识她"弱不禁风的美"。又说杨树无论树干树叶，还是随风摇晃的声音，都没有抵抗风雨的经历，甚至一副吊儿郎当的样子。"塔尔坪大概没有栽过杨树，即使曾经栽过恐怕也会夭折的。塔尔坪的土地多金贵呀，谁舍得养这么个不中用的'小白脸'呢？"作者究竟是在说树，还是说人，抑或是兼而有之？这就要看读者怎么去理解，是不是有共情了。

"爹的审美标准，确实是以山与水来衡量的"，因为"爹"这辈子所有的苦乐都是山水造成的。"爹"羡慕那些看不见山的地方，更羡慕那些河水汪的地方，"没有山就有更多土地来种庄稼，水汪的话就不会出现旱灾，就可以把庄稼、树木和牲畜养得更加肥壮"。"爹"苦巴巴地把我养大，希望我走出大山，走得越远越好。"距离就是我的出息，就是他的成就。同时，距离又是我的乡思，又是他的孤独，让他难以享受儿女的关照，难以享受天伦之乐。"（《父亲的风月》）这一类的句式，或戳到读者内心痛点，或给人指引，可以视作金句，字字珠玑，极具哲理思辨。

"没有（用硫黄）处理过的这些山货，就像没有精心打扮的农民一样，不会是这么靓丽的""离土地越远的地方，越不食人间烟火,就越偏离了固有的本色""烧烤,最早是原始人的生活方式,后来变成了城市人的一种生活时尚,如今竟然也被带到了偏僻的乡村,不明白这是农村文明的进步呢,还是一种自然生活的倒退?""月光,与阳光与灯光,是彻底不同的……月光其实不是光,仍然是黑暗,或者说掺进了太多黑暗,像面粉里掺进了太多水一样,是烙不出大饼的。"(《月光不是光》)"如今,我们不管是谁的儿子,续了谁的香火,统统流落在异地他乡……无论逢年还是过节,有谁会在亲人坟墓前烧几张纸、燃几炷香呢?亲人的灵魂是否与飘在塔尔坪上空的白云一样无人认领了呢?"(《喜鹊回来了》)这样的诗性书写,既发自作者肺腑,又契合当下生活现象,分明更像是在叩问或抨击另类现实,发人深思。

陈仓的写作,是一种率真的原味写作。他常常毫无掩饰地将自己或家人生活的苦涩甚至不堪,照录于文本,最终,不仅没有矮化或丑化自己和家人,相反,倒是很好地彰显了陕南汉子坚韧不屈、顽强生长的个性和精神内核,给人力量。

写一家人过年团聚,围着炉盆烤木炭火,多数时候没有话语,少数时候聊聊庄稼,聊聊山山水水,聊聊谁谁去世了,聊聊谁谁发达了,偶尔还聊聊外面的世界。"每年也就聊那么一次……各自身上发生的灾灾难难,因为害怕对方担心,平时都瞒哄掉了,只有这时候才会暴露出来。"(《我有一棵树》)"爹"因为耳朵的问题,不能和人顺畅地交流;因为不识字,不能看书读报;因为不熟悉城市生活,不能独自出去逛街逛公园……只有吃是天性使然的,是会伴随一生的……所以,"爹"来到城市,面对寂寞,面对陌生,面对不适应,他只能用吃来安慰自己(《父亲的风月》)。"爹"被接到上海很短暂的一段生活,既令他在大上海"大开了眼界",也一一列摆他既有认知和观念与都市文明及全新生活方式之间的差异、碰撞,甚至不适,直呈了"爹"对故土的无法割舍,当然也凸显了他固有的质朴与真诚。"爹"的朴拙基因,自然会一脉相承地衍传给作者,进而影响他写作的个性和作品的风格。

近些年,文学界也有人提出文学作品"难度写作"的命题,我一直不敢苟同。读了几本据说堪称"难度写作"代表作家的书,实不相瞒,颇有天马行空之感,读来读去一头雾水,甚至可以说是晦涩难懂,从此我对此更加不屑。试想,涂写的文字,除却少数所谓的"精英"外,大多数平凡人一概读不懂,那样的写作,那一类的作品,远离了真切的现实生活和如常的人间烟火,又有什么存在的意义呢?

用真情触发读者的泪腺,"拉"读者入"局",应该是这部散文集最成功之处。文学评论家王克楠先生说:"能够表达微妙心灵感觉,感染读者情绪的,便是好散文。"比如,《拯救老父亲》,讲述拯救病危父亲惊心动魄的过程中,当子女们在金钱与孝道、死亡与活着之间苦苦挣扎时，是永不放弃的爱。从死神手里抢回父亲，便夺回了故乡的存在象征，拯救了自己情感和精神的故乡。又比如《哥哥的遗产》，讲述作者小时候跟随哥哥外出淘金，遭遇车祸关头，哥哥将"我"推开，自己命丧黄泉。正准备成亲的二十岁的哥哥，一条生命换来的仅是八百块钱的赔偿。这笔"遗产"被"我"当作怀念哥哥的唯一念想，储藏至今。现实生活里，我们的亲人或许亦有类似遭遇或不测，读着读着这些文字，感伤情绪须臾充盈心境，泪水瞬间浅目。

"在这片水土中出生，又在这片水土中成长发育，我的血液与身体存储了对这片水土的记忆，能够识别这片水土一滴水、一丝光的密码。这恐怕是故乡的又一层含义。"（《月光不是光》）每个人都活在一方山水中，一定是这方山水喂养了他，哪怕斯处是他人眼中的穷山恶水，也同样令人深深眷恋。

《百年孤独》的作者、哥伦比亚作家马尔克斯说："如果没有亲人埋在这里，这里就不算你的故乡。"漂泊感，是现代都市人难以摆脱的共同"精神疾病"。作为在上海生活十几年的新移民，陈仓依然有着深深的故土情结，他的肉身和精神，在城乡二元场景中交替安放。这种情结，始终牵拉着他将自己的血肉和情感融入胞衣血地之故乡，一次次奔赴生活现场，或陷入精神困境。那山、那水、那棵树、那四壁透风的老屋，那一碗黑魆魆的饭菜、一家人睡觉的大土炕……这些意象，不时进入梦境，让他跟亲人一起承欢、歌哭和呐喊，不断对故乡进行回望和反刍，借此找到精神的回乡路径。

"这三十年中，我从那场车祸中起步，已经走到一千三百公里外的上海；从一个放牛娃、一个庄稼汉，已变成在高楼大厦里上班的白领；从当年的那个光屁股小孩子，已经变成了头发花白的、年过不惑的中年人……"陈仓在《哥哥的遗产》里做了如是说。

这些年，在文学圈得遇某些文友，因自认写得一手文章而没被待见，便长叹怀才不遇，时时愤愤不平，我多是不语，偶尔会善言宽慰。毕竟，通常情形下，对于大多数人而言，文学并非真就是"仗剑走天涯"那把锋利的剑。而陈仓，原本是秦岭大山中塔尔坪的一个穷孩子，"这三十年"，却能仗着这把剑走进鲁迅文学奖的殿堂，当然归功于他的天赋异禀和不施取巧的勤奋。

今次"中国（永州）山水散文节"举办的散文创作研讨会，在对话交流环节，他谈到自己的文学生涯，分享这些年创作的心路历程和创作感悟。其中有个观点，正如他在《月光不是光》后记中所写："优秀的文字不是写出来的，而是活出来的，是用肉皮熬出来的，每一个文字都是自己的另一条命。"我猜测，他这句话，大概率是高尔基"我们的感觉，都是用皮肉熬出来的"这句的延展扩充，当然，更是他创作散文集《月光不是光》的真切感悟。读罢此书，掩卷而思，我亦深以为然。确实，他的文字，他的作品，如同他之人生，已"活"出一派盎然文意。

"我们"的样子

在朋友圈得知叶耳散文集《深圳的我们》出版的消息，除了点个赞，二话没说，下单买了此书，还微信转发他推介新书的链接。平常时日，我是一概不喜转发自己作品以外的链接的。甚至自己作品的新刊目录及电子文档，也少有拿到微信群里转发。将心比心，过多的滋扰，是一件很令人生厌的事。但这次的叶耳却成例外。

叶耳其人，确切地讲我并不认识，在此之前没与其有过谋面。但内心情感上，貌似又与他很熟悉。此前间或读过他一些作品，喜欢他格外干净轻盈的文字。

叶耳，本名曾野，湖南洞口人。他之文学梦，一做二十多年，这种不舍不弃的坚守，令人感佩。从大山的故乡，南下异乡城市深圳，叶耳定然是遍尝生活百般滋味，有万千透彻感悟的。"这个物欲横流的时代，有还在做着纯粹梦想的人，无疑是幸福的，像宽广的河流，保持了一颗纯净的心。"（《三十一区的文学与梦想》）这是叶耳对"蛊惑"他来到三十一区、在很大程度上影响他写作道路的王十月发自肺腑的一句评价。二十年前，一个怀揣文学梦想的湖北籍"打工仔"、后来以"王十月"之名成名、成为《作品》杂志社社长和总编辑的王世孝，率先租住在深圳宝安新安街道上合村三十一区，没日没夜写作，一篇篇作品受到读者特别是打工青年群热捧。随后有曾野及曾五定、肖永良（卫鸦）、徐一行（徐东）、刘小骥、叶曾等一干同样追梦文学的人，相继入驻，产生一种奇特效应。上合村，由此被冠名"作家村"。我觉得，叶耳未必不是在说他自己。

"叶耳们"对文学心存挚爱，并不代表他们没有彷徨。毕竟理想很丰满，现实很骨感。游弋在俗世烟火和文学梦想的夹缝里，遭遇捉襟见肘的尴尬是自然的事。一段时间后，作家们最终难堪生活压力，纷纷散去。而叶耳，据说是最后撤离"作家村"的一位作家。

"选择寂寞的文学，我为自己的坚守和勤奋而惊叹。"（《女儿悦》）叶耳由此想到父亲为何一辈子对他侍弄的土地和庄稼，怀有那么深的感情和兴趣。"种了一辈子土地的母亲，她那种从来缺乏深度的耕作，成就了大地的深刻。"（《谈艺录》）叶耳觉得写作应该像母亲，紧贴大地和植物，漫不经心地写着。他坚信，耐得住孤独与寂寞的修行者，方能悟出人情世故，求得"真经"。现实生活里，太多的无奈，回避不了，无数的诱惑，难以抵挡，有人中途舍下文学偏爱原本无可非议，但像叶耳一般矢志不渝，也就尤显可贵。叶耳坦言自己是个"对写作越来越迷恋的人，明知道完成一个作品就像女人分娩一样难受和痛苦，却依然愿意让自己这么痛苦难受着"。这种疼痛感，几乎出现在他的每篇散文里。每每痛过之后，他当然也会收获前所未有的快感。

"她说我的文笔非常好，很想与我合作。我只要写出她满意的文字，她便可以给我想要的报酬。""只要你愿意，我可以让你赚更多的钱。"（《流水不懂时间的唇》）"她的话挡住了我前方好看的风景。"其义自见，叶耳最终的取向，当然是继续用心书写。

透过他文字的折射，我猜想，叶耳此生，是注定成不了一个狡诈商人的。其性格素养，一直都在圆通世故的对立面。故而，文学显然就成了他的宿命。

叶耳是一位有较强写作实力，作品具备通透表现力的作家。《深圳的我们》讲述"我们"在深圳的喜怒哀乐、酸甜苦辣故事，从不同角度，把20世纪80年代诸多怀揣着梦想来到深圳的那些人——卑微生活着的三轮车夫、拾荒者、修鞋匠、发廊女、流水线工人……他们奋力地打拼、付出，生活遭遇的辛酸、寂寞、庸俗，他们将自己奉献给这座城市并与之一道成长，圆梦之后的欢欣喜悦，以及久别故乡对留守在家亲人的思念，描述得淋漓尽致。每篇作品，与其说是置身深圳的个体内心的吟唱，毋宁说是深圳这座城市的集体合唱。

全书分为三辑：第一辑《大地上的家乡》，是有小说质感的部分，有叙事；第二辑《此刻你就是世界》，是最接近通常所说的散文的部分，有细节；第三辑《一朵花的意义》，则是比较诗意和难懂的部分，多有哲思的味道。若从美术的概念上讲，这三个辑子，可以类比为"素描""水彩"和"油画"。

我一边品读叶耳作品，回望他的创作历程，一边思考一个问题：体制内领薪水写作的人，叫专职作家；最初有文学梦想，而后因生计而轻放，再后又重拾的人，叫文学爱好者；而如叶耳，几十年不舍不弃，执着文字写作，也借写作营生，在各大刊物发表诸多散文、小说和诗歌作品，斩获不少奖项，他的范式，应该才是真正意义上纯粹的作家。

"不是说我现在文章有多优秀，在写作上我是个认真的人，以前我有很多出书的机会，但我并没有好好珍惜。"对这次自己散文集出版面世，叶耳如是说："在深圳写作十八年出版第一本书，我决定给每一位喜欢我新书的读者签上名，以真诚之心回报他们。"

叶耳的作品，从一定程度上讲，让我们望见文学的高格。托尔斯泰说："每个人的心灵深处，都有着只有他自己理解的东西。"文学创作亦是如此。在叶耳看来，"写作是一杯苦咖啡，不加糖，滋味更妙更绵长"。老实而真诚地书写，比起所谓的技术性写作，更让文字有魅力与光芒。

"我就是客里山孕育的一枚蛋，像我手心里捧着的这枚：沉默而独立。圣洁的外壳里一定蕴藏着纵深的根，如同植物的呼吸，有着一种鲜为人知的秘密。"(《城市细处》)在这样一个拒绝抒情的时代，叶耳作品之"讲述"，保持了客里山的纯粹和优雅。"我在地铁上又看到文了身的手臂。不过，现在文身跟过去大相径庭了，除了装饰另类时尚，已没有别的含义，也不会像过去那种看一眼你就紧张和惧怕的心理。同样是文身，时间给出了不一样的气质。现在的手机也都文了身。"(《羊台山的诗》)细嚼慢咽般体会叶耳文字里漫溢出来的哲思和诗意，以及那一抹真实的纯粹，更能理解，真正的写作就是一个自我治愈的过程，也是找寻自己的最佳路径。

"文如其人，说的就是作品内质与作家气味很近，近乎一种类似的真切和诚实。散文更容易捕捉到作家的气息以及诚实的内心，拆穿她内部的谎言和伪装。"在《谈艺录》中，叶耳这样看待文学作品特别是散文写作："我认同的散文家，他必须拥有'真'。真诚的'真'，天真的'真'，独立思考的'真'。"他的写作实践，也确实是此般模样。

"有美女在场的看相，总能吸引游手好闲的男人……人围得越多，美女就越娇媚起来。女人很假地笑着，但分外迷人。女人就扬起了另外的一只空闲的手，在脸旁扇着风。"(《手稿：巫语》)细节描写更像小说手法，令读者读着读着，仿佛置身现场。

"老孔的故事太短了……四川姑娘坚持写信给老孔，这一次她把信写到了光星电子厂原来同事那里，让同事转给老孔。同事也是个姑娘，在转信给老孔时，一来二去，和老孔就走在一起。后来，他们就结婚生子了。"（《羊台山的诗》）叶耳直言，每一次写作，对于他来说，"都是一种新鲜有趣的向往，就像恋爱的感觉"。

叶耳的文字，有极强的辨识度，不乏那种连续跳跃的意向，既灵动洒脱又质感十足。例如："你喝着炊烟下的烧酒，把自己的思念喝醉了。"又如："我不止一次从树上摔了下来……母亲总要大声呵斥：叫你别去树上'匪'，你不听，现在晓得粑粑是米做的了吧？"（《去乡》）"一匹马只有奔跑到远方才能抵达草原，一朵云只有飘荡到南方才能抵达家乡。"（《这个世界的夜晚》）再如："深陷尘世喧嚣的身体里，却有着朴素别致的风情。"（《谈艺录》）

语言透着调皮的意味："夏天总是和女人身体有着太多的关系，就像水果。"（《手稿：巫语》）"水果产于乡土气息的安静之地，成熟之后却遍布车流如水的喧嚣之城。水果孕育了生命的多情和寂寞，见惯了市井奸巧和寡情。"（《去乡》）叶耳是从湘西去往深圳的，自小在客里山长大，他的文字，让人觉得是延续了沈从文的那种乡愁。

一篇好散文，收获读者喜欢，原因很多，其中语言是关键。语言堪称区别这个作家和那个作家的重要标签。叶耳散文的语言精细优美，极具耐心，并非那种刻意追求的绵密，还有些跳跃，分明属于诗意化了的那种，大概与他同时是个诗人有关。在娓娓道来的语气里，让人读了感觉分外舒适。

"散文是说我的世界"。有观点说，要想了解一个作家，最好去读他的文字，特别是读他的散文，"文字是一个人内心的秘密"。如叶耳所言，他的写作和留下的文字，跟他本人经历密不可分。借由《深圳的我们》，很容易窥见他生活的轨迹，触摸其心路历程。且我们看到的，又不仅仅是他一个人，而是与他生活在一起的那一众人。

他的写作，饱含着对生活多种角度的思考，将日常生活里容易被忽略的细节通过文学方式呈现，生活的亮色或灰暗，全都一览无余。在故乡与异乡之间，他用写作治愈自己的人生。富有哲理和诗意的文字，则又见证他的成长与抵达。因此，《深圳的我们》既是叶耳个人散文专著，堪称他个人的生活图景，同时，也未必不是一个城市、一个社会、一个时代的生活图景。如书之名，字里行间折射和关联了"我们"的深圳，以及这几十年国家、社会的蝶变。

《深圳的我们》出版后，在叶耳君的微信朋友圈，不时看到他晒出给购书者诗意般的题签，也看到他晒出诸多读者收到书翻阅后给他的微信留言以表达赞许。其中一位文友以书法作品的形式赠诗一首："游子壮心深圳客，紫光迷眼作飞蛾。幸多诗意栖净土,犹有行吟胜雅歌。"算是给叶耳君画了个像。

我想起某年到深圳拜访一位从家乡南漂去那儿的成功人士。这位乡党抽空陪我参观了"鹏城所"。那儿原本是明朝时始设的一处军所。之所以叫这个名字,盖因庄子《逍遥游·北冥有鱼》里"北方海里有条大鱼,名字叫鲲……变化为鸟,名字叫鹏……它振动翅膀奋起直飞,翅膀就像挂在天边的云彩。大风吹得浪潮涌动,它要迁徙到南方大海去了。南方的大海,就是'天池'"那段话。

当年,来自全国各地的打工仔、打工妹们,背着铺盖,从广州流花车站转车来到深圳,开启另一种生活。时值陈小艺主演的《外来妹》每晚在黄金时段播出。"打工仔、打工妹"成了一个崭新形象,闪亮登上时代舞台。他们何尝不是一只只鲲鹏,深圳又何尝不是他们梦想的"天池"?

一个作家,拿起笔,以诗文抒写身边人,记录世间事,摹写生活的周遭及我们自己的样子,叶耳《深圳的我们》,便是如斯。

指尖划过的时光

一

尽管乐虹早已是资深文学人，比如她的专业原本是文学，正儿八经文学硕士，比如她在此之前已出版过散文集《蝴蝶对花的猜想》，但她又一散文新著《独角戏》出版后，依然有不少文友送上的是"祝贺处女作横空问世"之类的祝福。

其实错矣。抛开她既有著作不说，《独角戏》结集出版，并非真正处女作面世。因为，大凡认识她、是她微信好友的人便知道，文集中139篇散文诗般的精致美文，不仅多在各报刊发表过，且几乎每一篇什，都已见诸她日日更新的微信朋友圈，差不多在成文第一时间，大家便赏读过的，故而，品读她这部书中的文字，不是似曾相识，而是"旧友重逢"。

乐虹当然不能算作很低调的那类人。之所以没被文学圈里人悉知，是她每日生活、工作所处环境，在两所大学之内，都是相对独立的既有圈子。而用她自己的话来说，是她此前生活的状态，属于完全不一样的另一种模样。在我看来，她之"出圈"，还是应归功于她焕彩的文字，以及通常所说的"万能的微信朋友圈"的传播魔力。

二

我是在好友新诗集分享会上初识乐虹的。

她主持那场诗歌分享会的出色表现，真的打动了我。碰巧，拙著《潇水清清永水流》也结集出版了，心里也正盘算着择机办场"悦读"活动，那一刻，便在心里生出邀请乐虹担纲新书"悦读"分享会主持嘉宾的念头。

我的邀约，她爽快应允。借此，我们成了很投机的朋友。当然，相互间的交往，多在微信上互动和一道参与作家采风之类偶尔的文学活动。

乐虹绝对是个灵魂有趣的人。虽然是典型的高校人，但她并不像一些纯粹大学教授那般清高、孤冷、不易结交。正直、有见解、随和、不偏激。她把自己活成了一个知性、有格调的"小女人"。

当别人称她"美女作家"时，她常常施以一笑，然后自我调侃，说自己既算不上纯粹的美女，又非正宗作家，但两个名头加在一起，终归可以增添些分量，也算是好。其实，我读出的仍然是她教科书似的美女轻盈态、作家睿智范。

三

乐虹散文最令我称羡的，是她对语言把控的轻松自如。散文，常被称作"美文"。这种美，首先体现在语言上，只有优美的语言才能营造出优美意境，才能更有效地传达美好思想。

《独角戏》里一篇篇散文，语言极具张力，灵动、跳跃、生机勃勃。如前所言，我最初在她的朋友圈读到这些文字时，多是配着一些她自己拍的照片读的。留在记忆中的很多镜像是：一泓溪涧，一湾静水，几片漂浮在水面之上的树叶或花瓣。图片当然是静止的，而读着读着文字，便觉得那树叶或花瓣，真的伴随恍如潺潺有声的流水"走"出画面，甚至得见一尾小鱼，活蹦乱跳地击水生花。

她总能以自己独特的眼光观照身边事物，生发出诸多奇妙联想。"树脱光了叶子，也就脱掉了成年累月的心事，没有挂碍地坦诚着，这棵枫树红得浓郁，心事重重。"（《谁把谁的日子过了》）"阳光晒着草地，晒着我的背。我的背是我的手够不着的地方，阳光可以替我做。用它细长的手指掸去些时间丢在那里的东西。"（《身体里有许多冬天》）这类的摹写，别出心裁，树叶有了"心事"，阳光懂得替"我"做取舍……周遭万象，鲜活生动。

乐虹的散文，颇有几分类似同样以短小文见长的阿根廷作家

辑三 抵近观照

博尔赫斯的文风。其实,用有限的文字精当又充分地表达真情实感,更需要作者有长期的思维历练和过硬的文字功底。

"沿渠的公路种满了红杉。这叫落羽杉,名字美成童话。落羽覆地,绚烂了一层又绚烂一层,像年老后想努力挽留住最后体面的人。"(《比喻的产物》)"银杏叶洒落一地金黄,也洒落一地诗画。银杏盎然的绿,似眉眼中的微凉,被人遗忘。只叶落时,即逝的悲壮才能激起人亲近和赞美的欲望。"(《桐子坳赏秋,紫色向左,黄色向右》)透过日常所见一些诗意的碎片,见微知著,再融入她别样的情感体悟,然后娓娓道来,信马由缰,不时抛出蕴含哲理的妙句,如珠玑不御,可开悟;似偈语留白,引深思。

四

在衣袂轻风的步履顿挫间,乐虹并没缺席对当下某些现象的深刻思辨。不盲目跟从惯常思维,故每每有自己独特的视角。

对于生命短暂却卑微的芦苇,她不仅没有丝毫轻视,反而发出"人啊,哪比得上芦苇"的感叹(《芦苇的嘲笑》)。"美人鱼真傻,拿声带换来两条残疾的腿。""从头到脚,整个(身躯)都被美丽占据完了,她该给思想留出一席之地的。"(《美人鱼的悲剧》)在《寻花问柳》里,更有类似画像一般的句章:"桃和柳名头大,名声却不太好,'轻薄桃花逐流水',水性。女子若沾了桃柳,类似狐狸精。男人骂狐狸精,心中却想:遇上不枉此生。女人骂得更厉害，可依旧忍不住暗自假设，自己成了狐狸精的模样。"捧读斯文，令人不禁称奇叫绝。除却语言技巧让人折服外，其对世俗观念的颠覆，也若醒世妙章。

不少从农村走出来的人，年岁渐老，偶尔身回衣胞故土，眼见旧风物留存越来越少，儿时的玩伴也一个个故去，新生代纷纷去往村外不同城市打拼，便生出一种别样情愫，哀叹乡村的衰败，颇能引人共情。在他们眼里，"农村院墙旁的每一棵树每一根草，都挂满乡愁"（《高楼上的蒲公英》）。乐虹却有她不一样的理解。她在《时间是个池子》中写道："朝过去走得远了，大概该裹了树皮，住回到山洞里的。时间是个池子，只能装下那么多。流出来些，新的才能进得去。"又如她在《一个地方的风景在于它的伤感》中写道："时间只是渠，人一个个走过，事一桩桩一件件流过，没有什么可以留住。"一些东西失去，终归是一次次权衡利弊之后的"舍"。每个人都追求人生向好，谁也不好在自己离开之后，再让别人代替自己"值守"乡愁。

读乐虹的文字，你的心灵会有被放空的感觉，但有时候又像是被填得满满的。

"冬天是草木的裸季。夏天是人的裸季。河边有晨泳的人，男女杂半，多是中年人。睡不够的青春和睡不着的暮年各有战场，只有中年在有心和无力的夹缝中浮起沉下，是游泳时探头换气的人。"（《紫天使》）"最好的诗不在字句里。最好的诗人会把每一天都过成诗。"(《有人说你是个诗人》)凡此之类,读来冲淡平和,却在不知不觉间将读者引领到另一种情绪里,让读者进入一个深邃的情感空间。

五

"散文相对于其他文学门类,距离作者本心最近,是人生境界的展示,是作家真实情感的流露与审美情趣的坦呈。"(徐可《定体则无,大体须有——散文创作之我见》)这与著名散文作家红孩定义"散文是说我的世界",异曲同工。好散文,对人生、人性、人的灵魂及人间苦难进行积极的考量,既有关爱,又有悲悯情怀,把个人生活感受、生命体验和人生经验上升为社会经验,并镜像化、细节化,构成较强的表现力、感染力。这样的践行,在《独角戏》里随手可拾。

"一片茶叶记录了地球生物的进化,世界文明的冲突,历史曾因之改变。如今那些对抗的历史,不同的文化,在一个茶杯中安静交融。"(《茶杯里的世界史》)"一个人啊,总会有几处故乡。一个是有父母的家,一个是被草遮住了的冢。"(《每个人都有几个故乡》)"有些被风吹远了的叶,连树的模样都没见过。城市移民的'故乡'是履历表上的籍贯。他们是出生在高楼上的蒲公英。"(《高楼上的蒲公英》)"我和这里同样深埋着故事。它的故事是时空深处的宝盒,待人探寻。我的故事,只适合一个人咀

嚼，慢慢遗忘。"(《周家大院和我是不一样的存在》)

如同印尼华侨作家董桥在《这一代的事》自序中所说："散文须学、须识、须情，合之乃得，所谓'深远如哲学之天地，高华如艺术之境界'。"乐虹作文，真正是以她的学识做底色，以真诚为边界，将自己此生之爱、对亲人之爱、对生活和周遭世界之爱，一往情深地"种植"在她文字的花圃里。

乐虹选编她的散文集时，曾有阵子纠结于文集起一个什么样的名字。行文至此，我不妨也来点"爆料"。缘于这些文字是乐虹全凭纤纤手指，在手机屏上划写而成，记录的又是她之生活与心境，这样的写作尤令人钦佩，我便建议她以《指尖划过的时光》为书名。虽最终没获采信，但我仍认为这是个较为贴切的书名。觉得被弃之可惜，正好拿来用作拙文之题。

时光静好，流年如歌，万类自由，用心作文。兹与乐虹女史互勉。

又想去喝瓜箪酒

昨天下午，接到广东佛山一位朋友打来的电话，他开口就说："老哥，几个老朋友聚在一起喝茶，说想约了一起去喝上梧江的瓜箪酒。"

这位朋友是地地道道的广东人。早在2006年，我还在上梧江瑶族乡供职时，因了朋友的朋友的机缘结识，十八个年头你来我往，他跟他一帮朋友来双牌已四五次，我亦不时领些朋友去佛山走走。相互间很是投缘，说话当然无须转弯抹角。

我应答着说："好呀好呀，哥们儿一起来吧，不喝醉，一个都不准走哟。"我还明知故问地来上一句："怎么突然想起打电话说这事了呢？"

对方一阵哈哈大笑："还不是因了网络上反复传唱的那首《走，去永州》吗？"

其实，没等他把这话说完，我也早就笑出声来了。

网络的魅力，真是不容小觑。

最近举办的永州市职工大合唱比赛，双牌合唱队以一首本土原创歌曲《走，去永州》一路闯关，在决赛中斩获二等奖。当然，所获奖项是一等奖或二等奖，并不是重点，重点是比赛通过网络直播之后，歌曲迅速火爆"出圈"，不仅在永州本土传播走红，还借助微信朋友圈传递给身在外地的永州人和永州人的朋友、朋友的朋友，进而引发广泛关注和热议。前述打电话的那位朋友，便是其中之一。

歌曲词曲作者蒋建辉和刘兴国先生，都是我好友。虽然都是业余音乐人，但他们对音乐的挚爱和对永州这片土地的一往情深，我自然是了然于胸的。他们创作的每一部作品，我和文友们几乎都能在第一时间倾听，或在一起共同哼唱。有时甚至是在聚餐的间隙，几位好友拿起筷子敲打节奏乘兴歌吟。他俩都是圈内公认的才子。

记得是2004年初冬，时逢上梧江瑶族乡成立二十周年乡庆，亦曾在瑶乡工作过、时已调另处任职的建辉君，作为嘉宾应邀回乡参加那次活动。众所周知，去往上梧江，必须乘船经潇水河之一段的双牌水库，溯江而至。我依稀记得的是，那天的潇水河上，轻雾弥漫，诗意盎然。其他暂且按下不表，单说几天之后我在网络上偶然读到的一首诗，写的就是雾漫之下的潇水之美，虽然诗作者署的是网名，但凭其文风，我猜测，大概率是建辉兄之作。遂发信息问他，得回复果然是真。至于后来他在俗务之余写的那一篇篇诗文，主编的一本本地方文化书籍，创作的一首首歌

辑三 抵近观照

曲，无不彰显着他的才华和情怀。

刘兴国先生也是。他曾是我家孩子的老师，后改行从事文化及其他行政工作，但一直不曾放弃音乐创作。我曾涂鸦一首连我自己都不敢称其为诗的分行之作，叫《爷爷的上梧江》。稿子被刘兴国看到，引起了他的兴趣，相邀将其改写成歌词，并很快被他谱上曲，然后以吉他弹唱的形式，在当年举办的上梧江瑶族乡成立三十周年乡庆活动上表演，获得一致好评。此后一段时间，每逢县内有大型演出活动，那首《爷爷的上梧江》都会被热情的观众吆喝着点唱，每每唱完还会赢得满堂喝彩和热烈掌声。

如同《走，去永州》走红以来媒体采访提到的那样，蒋建辉与刘兴国确实是一对常有合作的"老搭档"。他俩创作的作品，或摘取奖项，或深得音乐爱好者和听众的喜爱。这次创作的作品，更是借合唱比赛的途径为广大受众特别是网友们所熟悉和认可。原因无非有三：一是以简洁的设问，巧妙地将永州悠久的人文历史、大美的自然景观、独特的"永州味道"尽情呈现，营造共情，激发意趣；二是以"恋恋的乡愁"表达对漂泊在外游子的乡情勾连，以"想要的牵手"表白对非永州的他乡人真情地邀约，以"想要喝的瓜箪酒"勾起来了又来永州的故交旧友共同的美好回忆；三是曲调优美，朗朗上口而不刻意炫技，又绝不同于寻常的口水歌。

常言道："熟悉的地方有故事，陌生的地方有风景。"而一首

《走，去永州》，却能让人知道，永州既有耐人寻味的故事，也有令人流连忘返的别样风景。如我佛山那帮多年故交，他们愿意来了再来，尽管知道瓜箪酒醉人，但依然乐意陶醉在这方山水、人文和纯真无邪的盛情里。

愿朋友告诉朋友：欢迎您哼唱着《走，去永州》一路奔行而来，我在上梧江的吊脚楼里，抑或是他处，用瓜箪酒款待您。

陪读的新"孟母"

孟子与孔子并称"孔孟"。在历代儒统中,他们被尊为圣人,这肯定是没有争议的事情。要说是否真的家喻户晓、妇孺皆知,那倒不一定。但孟子的母亲,绝对是很有声名的,在略有点年纪的人的脑海里,留存着深刻的记忆。

大概就是通常所说的"母以子贵"吧,人们只记得"孟母"二字,却大都不知孟母姓甚名谁。即便现在的人,习惯性地去问"度娘",得到的答案,也不过是"仉氏,战国时人,生卒年不可考"这样一句不甚明了的话。其实,她姓甚名谁,已变得并不那么重要了。重要的是,孟母的严教大爱,成就了孟子的成长成才,以至于"昔孟母,择邻处,子不学,断机杼"被写进《三字经》里。"孟母三迁,择善而居"的故事,古往今来,影响着一代又一代人。

近日,读李永斌的一篇新历史小说《新孟母三迁:回忆杀》,觉得颇为耐人寻味。作品截取孟子房前小院和家中书房两个场景,通过"设定"晚年孟子与其儿子仲子及两个学生万章和公孙丑之间关于编撰《孟子》一书的几番对话，借助一根主线，巧妙地把与孟子有关的几个典故串联起来，揭示了他作为中国古代著名思想家、教育家、战国时期儒家代表人物提出的"仁政""民贵君轻"等哲学思想。以生动的表现形式，在轻松幽默和无限情趣当中普及历史知识，通俗易懂地传递和弘扬了中华优秀传统文化。特别是假以孟子"回忆"的口吻，叙说"孟母"带着儿时的孟子择善而居的往事，令人觉得"孟母三迁"的故事，至今仍有极大的现实意义。

现实版的"孟母"择善而居，便是抢购学区房和陪读。

2000年以来，由于优质教育资源配置不均衡现象的客观存在，众家长期盼儿女进名校接受良好教育，高考时考上理想的大学，将来有个好前途和好职业，借儿女成才之后自己也成为荣耀新"孟母"的望子成龙、望女成凤心理普遍存在。那些望见商机的房地产开发商，则顺应趋势，一股风地在一些教育教学质量较好、高考升学率较高的所谓名校周围开发房地产项目，配套建设大量带学位的学区房，然后用尽手段宣传造势，营造资源稀缺的气氛，吸引或鼓动学校所在区域甚至周围行政区域的学生家庭争相抢购，赚得盆满钵满。

一些经济条件较好、购得学区房家庭的孩子，凭借匹配的学位如愿以偿地读上名校。另有一些家庭经济状况一般，或虽条件较好但也没买到学区房家庭的孩子，通过其他途径同样获得了择校学位，便选择在名校周围租房上学。这些购房或租房择校读书的孩子，家长多半是休假或暂时放弃工作，一起住过去照料孩子的日常生活，时下叫作"陪读"。

可怜天下父母心。这与当年"孟母"放弃临墓而居、临市而居，杜绝孟子模仿他人玩祭拜、办丧事之类的游戏和模仿他人讨价还价做买卖与屠宰的操行，带着孟子搬到学宫边，让孟子很快学会了类似在朝廷上鞠躬行礼与知进退的礼节，促成孟子长大成人后学成六艺，获得大儒的名望，大致是一个道理。这原本是无可厚非的事情。

记得我女儿当年读高中时，并没通过买学区房择校读书，而是以所谓"优等生"的资格去应考，考入市里一所一流学校读书。但仅读了一个学期，就又被县中学派上门劝导的老师劝回县里读高中了。后来儿子念高中时，他那些同学由家长陪着到外地择校读书就更普遍了。高中快开学时，我见他仍没有想到外地读书的意思，便试着问他，他毫不含糊地说就在县里中学读书。老实说，那时我自己内心也有不小压力，担心孩子在普通学校读完三年高中考不上好大学，生怕事后受孩子和家人埋怨、遭外人说不关心孩子的教育成长。所幸两个孩子主观能动性和自律自控意识强，高中毕业谁都没考砸，都顺利考上各自满意的大学。算账下来，与陪读相比，即便不算买房租房方面的支出，也节约了好几十万。我因此一直感叹自己此生幸运和有意外收获。

而与女儿和儿子是同学的好几个孩子，为择校读书，家长有买房也有租房的，无一例外的是，都由妈妈或爷爷奶奶全职陪读。读完高中后，有孩子考得好的，也有好几个孩子并没能如愿以偿。就像当年被母亲带着搬到学宫边上住着的孟子，照样有厌学的情形。倘若没有"孟母"那次狠心割断织布机的机梭教育他，恐怕也难有后来"学成六艺，获得大儒"的孟子了。

尤其是现代社会，人与人的交往交流有了更多途径和方式。作为社会一分子的人，接收外界信息的量也越来越大。而心智尚不够成熟的孩子，明辨是非的能力明显不够，干扰他们正常学习成长的因素太多太多，诸如"手机控""游戏迷""早恋"等令家长烦恼不堪甚至深恶痛绝的现象，早已见怪不怪了。

客观地讲，不少陪读的爷爷奶奶，与孙儿孙女思想观念上完全不同频，知识面也断然做不到与孙辈无缝衔接。甚至一些陪读的妈妈——新时代的"孟母"们，也难以做到在日常生活中多些读书学习之类的言传身教，多半是一日三餐为孩子做饭做菜，外加洗漱起居照料。等孩子进入教室上课后，便是"孟母"们三五成群聚在一起玩牌、搓麻将的时间。诸如此类的陪读，充其量不过是尽了保姆之责罢了。

旧时有句好话，叫"耕读传家"。引申开来，是不是还可以说成"工读传家""商读传家""官读传家"？这无非是要求做长辈者，无论从事哪一行当，行教育后辈之责，更要重在身行示范、榜样引导。而将"己所不欲,勿施于人"那句话反过来说,当然就该是"己所欲者,方施于人"了。有些家长,由于过往时代或当初家庭境况等诸多原因,年幼时并没能读多少书,但成年后,也因自身勤奋努力或其他偶然因素积累了一定财富,小日子过得也有滋有味的。要求孩子发奋读书,却没能讲清其中道理,更甭说营造书香家庭氛围了。也难怪一些逆反心极强的孩子,会以"你们小的时候也没读书,现在不照样有吃有喝,为啥硬要逼我读书"之类的话怒怼,令"孟母"们无言以对,内心瞬间崩溃。

孩子的个性千差万别,孩子的成长又充满着太多难以预料的变数。家长既是孩子的第一任老师,也是孩子终身的老师。陪读的爷爷奶奶、爸爸妈妈们,当好助力孩子生活的保姆的同时,还要编密阻挡干扰孩子学习成长变量因素的篱笆,更要不断提升自己,先自己学会当一名优秀的"孟母",身体力行做孩子表率。一言以蔽之,唯先自有高度,方能垫高孩子未来的高度。

不过如此，或正是如此

"每个人心中，都有一个苏东坡。"

近日，刚好与文友聊过苏东坡的话题，还意犹未尽，恰另一文友问："苏东坡究竟到没到过永州？"便再次从书架翻出林语堂的《苏东坡传》置案闲读。既为求证答案，又见林语堂为我们展现千年之前那个活灵灵的生动形象。

用林语堂的话讲："苏轼已死，他的名字只是一个记忆，但是他留给我们的，是他那心灵的喜悦、思想的快乐，这才是万古不朽的。"怪不得曾国藩要说："人生缘何不快乐，只因未读苏东坡。"

这里所说的"读苏东坡"，当然包括读他的人生经历和诗文。就其诗文而言，尽显苏东坡乐观通透人生境界的诗句太多太多，而他那首七言绝句《庐山烟雨浙江潮》，则令人击掌叫绝：

庐山烟雨浙江潮，未至千般恨不消。

到得还来别无事，庐山烟雨浙江潮。

意思是说，庐山神秘美丽的烟雨，钱塘江宏伟壮观的潮汐，都是很值得观赏一番的。若一生无缘观赏，会遗憾终生。而待到亲眼见到蒙蒙烟雨、澎湃潮水的景致，却发现过去的冲动妄念不过如此，只觉庐山烟雨就是庐山烟雨，浙江潮水就是浙江潮水。

苏轼这首诗，一说是他给自己三儿子苏过手书的一道偈子。苏轼经历长期颠沛流放的生活，从一个踌躇满志、一心从政报国的慷慨之士，渐渐变成一个从容面对、参透生活禅机的风烛老人。闻听苏过即将就任中山府通判，便写下此诗。意在告诫儿子，凡向往的事物、追求的目标，得不到、达不到时，总会千方百计去得到，但得到和达到之后，会发现也不过如此，其实并没当初想象的那么好。

人生事，不如意真是十之八九。这很容易让人联想到苏轼此前写的另一首七言绝句《洗儿戏作》：

人皆养子望聪明，我被聪明误一生。

惟愿孩儿愚且鲁，无灾无难到公卿。

苏轼贬谪黄州期间，元丰六年（1083年）九月二十七日，侍妾王朝云为他生下一男孩苏遁，小名干儿。苏轼晚年得子，自是欣喜万分，《洗儿戏作》即是为孩儿办三朝喜宴时尽兴而作。遗憾的是，小孩最终未及"到公卿"，而是在出生的次年七月二十八日，就不幸因病夭折，令苏轼诗中所寄"无灾无难"的愿望，成了泡影。

有关《庐山烟雨浙江潮》的另一版本，是说苏轼某日到了庐山，与几个朋友在天朗气清中一同登山访寺。他们走近一座山寺，只见亭阁灵秀，树木蓊郁，粉墙雪白，一老僧迎出门来："请问施主，是东坡居士吗？久仰，久仰。老僧已恭候先生多时。"相互行礼之后，老僧还恭请东坡先生赐墨宝。苏轼接过小僧所奉笔墨，不假思索，就着粉墙，写下了这首诗。

不管这首诗是他写给儿子的告诫诗，还是应寺僧之请所题，于今日之我们而言，是可以有两种不同理解和体悟的。

一种观点，是"不过如此"。庐山烟雨也好，钱塘潮汐也罢，抑或人生梦想，等到有朝一日欣赏了这些景致，或梦想终于实现，觉得似乎也一如平常，并无太多特别之处，便感叹："不过如此！"早知如此，何必苦苦追寻？

另外一种观点，则是"正是如此"。诗的首句为想象、听说之景。末句为目睹后之景。诗人的追求得到满足，并无失落和遗憾。人若终其一生都在苦苦追寻，未追求到手时是痛苦，追求到手后是厌倦、无聊，觉得"不过如此"，人生便像钟摆一样，在痛苦和无聊之间做空虚而沉闷的摆动。而具备平常心，直达生活禅境，在实现自己朝思暮想的目标，看到"庐山烟雨浙江潮"后，当然发出的就是会心的微笑："正是如此！"

诚然，东坡先生这样的彻悟与豁达，并非我等凡夫俗子轻易学而可得，不然，林语堂也不会说出"像苏东坡这样的人物，是人间不可无一，难能有二"的话来。可即便如此，也并不妨碍世人执着地立他为偶像，对他痴迷地崇拜和追随。我们终归可以一边仰望，一边在"学"之途中偶获心得一二。

至于文友所问苏东坡究竟到没到过永州，答案是没有。元符三年（1100年）二月，苏东坡获准北归，将他移置廉州，四月再接诏命，移置永州居住。

苏东坡是个与众不同的人。当年他赶往流放地报到时，脚步虽然滞重，却不曾踟蹰。倒是奉诏北归时走得迟疑沉重。他六月才慢悠悠地离开海南，不及到达永州，是年十一月，朝廷便又许他任便居住，遂带着家人，穿越大庾岭，向常州而去。永州，就如此这般与苏东坡错过了。

"运斤成风"斧正及其他

先来讲个故事：

话说周朝楚国郢都，有个勇敢沉着的人，他的朋友石，是个技艺高超的匠人。有一次，他们表演一套绝活：郢人在鼻尖涂上像苍蝇翅膀一样薄的白粉，让匠人石用斧子把这层白粉削去。只见匠人石不慌不忙地挥动斧头，郢人始终面不改色，镇定自若地原地站立。随着"呼"的一声，白粉完全被削掉，郢人的鼻尖，却丝毫没受损伤。

宋国国君听得此事，对匠人石的绝技和郢人的胆量赞不绝口，派人恭恭敬敬把匠人石请来，想看他再表演一次，亲眼一睹绝技。但匠人石说："我好友已去世，失去了唯一的搭档，再也没法表演了……"

这就是成语"运斤成风"的来历。意思是说，一个人要想把一件事做得很漂亮，得遇上知音，要有好搭档相辅相成。

这典故，语出《庄子·徐无鬼》。我们不妨再耐心读读原文：

庄子送葬，过惠子之墓，顾谓从者曰："郢人垩慢其鼻端，若蝇翼，使匠石斫之。匠石运斤成风，听而斫之，尽垩而鼻不伤，郢人立不失容。宋元君闻之，召匠石曰：'尝试为寡人为之。'匠石曰：'臣则尝能斫之。虽然，臣之质死久矣。'自夫子之死也，吾无以为质矣，吾无与言之矣。"

庄子讲完这个故事意味深长地说："而今惠子离开人世，我没有可以匹敌的对手，不再有可与之论辩的人了。"

这个故事是非常有名的，凡读书人，应该没有不知道的。借这个故事，庄子无非是想告诉世人：惠子好比郢人，自己好比那个匠人石。惠子之去世，令他很是孤独和寂寞。

我们大费周章以此篇幅讲段故事，算不算绕弯子，暂且不言。其实，这个二千三百多年前的典故，今天看来，依然有其现实意义。

比方说在文学圈里，常见有人拿自己写的诗文，不厌其烦地发到各个微信群里，让文友们给他提意见，或转发给被他尊为老师的人，请帮忙修改润色，美其名曰"请斧正"。这"斧正"二字，大凡源自上述"运斤成风"的典故，又称"郢正"。其中自然不乏诚心诚意恳切相求者，是怀着听取赞扬之外的修改建议之初衷的。但也毋庸讳言，更大比例的，不过是"凡尔赛""求赞"而已。发微信的人，恐怕不太听得进说"不"的声音。

一般情形，被人"请斧正"者，是大可不必太过认真的。若你硬是要讲几点自认为恳切的"高见",多半会是不被听见,或令对方面有愠色,相互很是尴尬和难堪。曾经,我自己就真有过写书评被要求什么什么不能写的经历。想想过去所说"文艺批判",现今一改叫作"文艺评论",批评指谬的意味已少之又少,差不多只是归纳和赞扬,缘由或许就在于此。

  而今,自己也徜徉在文学圈。平日里涂写的陋章拙文,同样期望得高人点拨,但终归还没到四处找人"斧正"的程度。毕竟,别人的时间也很宝贵,若非很投机、很要好的朋友或师友关系,是不好随便打扰的。不时见刊见报的一篇篇小文,也会在自己微信朋友圈转发。但只是一图存念备查,并借以向编辑老师表达谢意。朋友圈中爱好不同的朋友,自可选择随意浏览,或一瞟而过,甚至屏蔽不看。被打扰程度,自然就相对小而又小。遇有点赞鼓励、留言评论,或有兴趣单独私聊探讨的,愈觉格外暖情和受益匪浅。至于不由分说地将之群发到微信群的情形,庶几为零。因为我知道,强迫他人阅读你的信息,真是很令人生厌的事。别人嘴上不一定明说,会一笑而过,内心却自有定数。还想收获"斧正"的金玉良言,几乎不太可能。

  在此之前,已集结出版两本散文集,免不了要赠送一些给至交好友,或卖几本书给喜欢它们的文学同道人。如有需要题签,也会在书的扉页上,写上请"斧正""哂正""雅正""存正"之类的语句。是敬辞,实为避免被误认为嘚瑟高调。而"请郢正"

辑三 抵近观照 181

之句，则从来不曾写过。最起码的自知之明还是有的，自诩为郢人的自恋自大，自己断无。

又比方说，职场上常有开讨论会征求意见，是否堪言开诚布公，有时是要打个问号的。更多时候，是某件事，或某个规划、某个方案，要走一个程序，需要你最好表达完全赞同，或表示没有不同意见，并没真心期待你有条有理地罗列些另类意见。若你不明就里地慷慨陈词一番，就算是乱了套路。遇胸怀不广、格局不大的小人主事，会误以为你有意挑刺作梗，从此，便对你心存芥蒂。

类似的事例，自然还有很多很多。

有道是"君子坦荡荡，小人长戚戚"。坦荡之人，不为事扰，不为事忧，面无惧色，依度而行；而戚戚之人，踧于事，瞻于事，形容枯槁于事，变坏于事。只要自己问心无愧，对方心里存不存芥蒂，倒是可以不必过于在意的。

近日闲读，恰读得《论语》中一句，"子曰：可与言而不与之言，失人；不可与言而与之言，失言。知者不失人，亦不失言"。须臾释怀。立世为人，既不失人，又不失言，固然甚好，可我们终归不是孔子和庄子那样的智者，没有匠人石那般"运斤成风"的非凡功夫，不过是些实实在在的凡人罢了。我们无法苛求自己生活圈里的人，一概都是处事不惊的郢人。窃以为，不管怎样，偶有失言之举，总是在所难免的，只要不心怀恶意，"不失人"便是很好。

附录

田日曰散文里的"书影"

傅德盛

田日曰送我一本他的散文集《潇水清清永水流》，正好，近日宅在家里，终于静下心来，常捧于手，咀嚼有味，感受颇深。

《潇水清清永水流》结集了他的三十七篇散文，我选择其中一个角度，试着谈谈他散文里表现出来的"书影"特质。

所谓"书影"，顾名思义，就是书的影子。田日曰的散文，赋花草动物以灵性，祭天地君亲以悲悯，追述母爱，触发人生感慨和哲理思考，抒发对故乡和亲人的眷恋，泼洒赤诚爱国情怀……篇篇有"书"，处处有"影"，有了"人文合一"的境界。凸显出作者"读书破万卷，下笔如有神"的功力。

形式的"书生范"

"书生"一词，古时多指读书之人。将之与"穷困潦倒""文弱"等词语组用时，或许有些鄙视或怜悯意味。但《西厢记》等文学作品中，"书生赶考"的故事，则寄予了读书人的高贵和浪漫情调。本文"书生"取"书生意气"之"书生"义。"书生范"就是有读书人的精神风范。因此，我是想说，田日曰先生的散文，在创作形式上处处散发出"书生范"的魅力。

其一，看散文的体式。《潇水清清永水流》中的散文，体式多样，行文流畅，结构精巧，语言老辣。记叙体如《向母亲致歉》《故乡城事》等；说理体如《福兮？祸兮》等；追溯考究历史（传说、民俗）如《有庳国里说象王》《舜德岩的传说》等；杂文体如《两样的风景》《我们也有风花雪月》等；自传体如《磨难童年》等；写景抒情如《又见阳明杜鹃红》等。如果没有扎实的文体功底和驾驭能力，是不可如此这般多层面、多角度去摹写现实、追忆历史、歌颂美好、鞭挞丑恶的。这与他平日博览群书、广采众长密切关联。从读书中吸取养料，是其散文创作的源泉。

其二，看散文的语言。评论家刘忠华在所写书《序》中说："看似信手拈来的书写日常事物的诗文，语言质朴，却情致温润；平淡的叙述中，充满了人生的况味和智慧。"我甚是赞同。倒不妨具体来看看。如《惟久惟远》："一日，又有朋友说墙上需一幅字画点缀，才够称'雅室'。自窃笑。原本陋室，不信仅因一幅字、一张画就成'雅室'了。然又觉得，有墨香、有丹彩更生妙趣。我遂向朋友中有书家之名的唐彦先生去讨墨宝，讨得'惟久惟远'四字。托人将其装裱，悬挂茶室北墙，并留此博文以记之。"文中多写短句，无一生僻字，遣词精准，"雅"趣横生，很好地表达了"雅室"的寓意和主人的希冀，以及对审美的追求。

又如《有庳国里说象王》写道:"要说起象,必先说到舜。舜是中华民族由五帝时代向夏商周三代过渡的历史转折时期的一位圣君,以贤德孝德著称……他力行教化……现在再来说象……"这样的叙述性语言,毫无矫揉造作之态,将原本枯燥高远的史事,叙述得浅显易懂、朴实无华。因此,单从语言上看,就觉"书生"栩栩在前,气度非凡。有时甚至想起鲁迅笔下的孔乙己,那满口"之乎者也"的旧式读书人;但田日曰是"挥斥方遒"的"书生",是语言的巧工匠。

雨果说得好:"书籍是朋友,虽然没有热情,但是非常忠实。"这"忠实"就体现在读书人从书中握得打开写作大门的金钥匙。"熟读唐诗三百首,不会作诗也会吟"。田日曰先生便如是。

取材的"书卷气"

"书卷气"是指仪态、说话、作文、写字、画画等方面表现出来的读书人的气度和风格。这并非与生俱来的,而是从后天"发奋识遍天下字,立志读尽人间书"中来;从"吹灭读书灯,一身都是月"的意境中来。基于此,作者的"书卷气",突出表现的载体,当然是他的创作园地及作品。田日曰的"书卷气",就是从他的散文作品中表现出来的。

其一,诗词文句及典籍资料的引用。田日曰的散文取材范围极广，各种引用信手拈来，运用自如，恰到好处。这样的引用不仅使得散文之"形"格外丰满，更使得散文之"神"熠熠发光。譬如《故乡城事》中引用刘著的词句："江南几度梅花发，人在天涯鬓已斑。"不经意间，就将作者离开故乡在异地工作的身形和心思勾勒得活灵活现，恋乡之情溢于纸上。在《惟久惟远》中，引用《十种念佛方法》的一段话，无不映衬了作者寄"惟久惟远"于茶室的感悟；《福兮？祸兮》则引用刘文彩建"文彩中学"和蒋介石回乡扩建祖居的资料，诠释了"祸福相倚"的道理；《有庳国里说象王》引用的典籍资料，好似拾掇起颗颗历史的珍珠，串联起今人对象王的印象和拥戴。如此种种，都得益于田日曰平常对读书的兴致和坚持，以及对写作素材养料的吸取和累积。

有位大学问家曾发感慨："天下第一等好事，还是读书。"这样的"好事"确使田日曰从内至外散发出芳兰竟体、风流蕴藉的"书卷气"，真应了那句"腹有诗书气自华"。

其二，故事传说的引用。读田日曰散文，就是在聆听一个个动人鲜活的故事和传说。这也是其散文独到之处的另一方面。田日曰善讲故事的本领，好多年前我俩共事一同出差，夜寝时，我早已领教。这两年文友们一起茶叙时，亦常听他侃侃而谈。怀素、柳宗元、黄庭坚、徐霞客、周敦颐、何绍基、王夫之等诸多古人发生在永州的故事和传说，还有红军过阳明山、经桐子坳，何仙姑的庵观、七祖佛爷坐化，等等。他说道起来，眉飞色舞、如数家珍，真有"连床夜语鸡戒晓，书囊无底谈未了"的况味。这讲故事的本领，在他散文中得到淋漓尽致的体现。如《故乡城事》中"寡婆凉亭"的传说，《"借"来"借"去的乡情》中好客户主借米的故事，《荷花及其他》中"荷花仙子"的传说，《什么是幸福》中流浪拾荒者打牌的故事，《又见阳明杜鹃红》中"仙女织锦缎"和"歇马庵"的故事，《舜德岩的传说》中舜帝访贫问苦的故事，等等。我敢说，将大量的故事传说写进散文者，恐怕在永州或更广范围内，田日曰可算得上第一人了。正因如此，也恰恰体现了其散文的浓厚"文卷气"。试想，若一位作者，不是博览群书，长期积累，哪来那么多随手可用的故事传说？读书于田日曰而言，不仅是写作素材的储存，也是心灵的滋养。他将读书获知的古今中外故事和传说写进散文里，作为抒发真情实感、寄寓人生态度、体现审美情趣、阐立道德信念的载体，给读者以感染、启迪和享受，令人称快。

内容的"书香味"

"书香味"，本指在一定的场合，由书本身散发出来的香气和味道。而用来说人，往往是指喜爱读书之人的气质，即满身皆染有书的香气和味道。本文中的"书香味"，是用来形容作者的散文飘溢出书的香气和味道。读书为田日曰写作提供了许多灵感，也是他写作之源源不断的知识养料。歌德说:"经验丰富的人读书用两只眼睛,一只眼睛看了纸面的话,另一只眼睛看到纸的背面。"田日曰在看到"背面"的同时,加工、提炼,最后用于创作中,可谓达到了"与天地游,同古今心"的为文境界,其散文"书香正飘溢,香气也迷人"。

其一,散文内容的丰富性。《潇水清清永水流》集结的散文不过三十七篇,单篇篇幅也不太长,但题材广泛、内容丰富。笔者按内容区分,大致将其归纳为"故乡眷恋""亲朋追忆""成长历练""人生追求""哲理思考""历史(传说、民俗)述说""景物咏唱"等类。每一类别,又可分为若干小类。比如"哲理思考"中,有古今内容,又有中外内容;有写人记事的,又有抒情说理的。尤其是那些历史、传说和民俗述说的内容,繁多而精彩。如《有庳国里说象王》,那么久远的人物、陌生的故事,委实非一般文者能驾驭和呈现的,但作者做到了。文中引经据典,推揣考究,像电影剪辑一样呈现给读者,结构起承转合,人物清晰明朗。读完全文,不仅不嫌内容繁复,而且顿觉兴致高昂、意味无穷。

有人说,读书和写作是寂寞的,但田日曰用自己的读书和写作历程驱赶寂寞,拥有的却是文学领地里的广阔世界。他早期做过教师、任过文秘,后来去乡镇主事一方,再后来轮换过多个岗位。丰富的阅历,铸就了他刚柔并济的禀性。他将这些人生阅历提炼成散文内容，始终在文学园地里耕耘不辍，构成了诸多如歌如泣的行板，仿佛一条条思想的暗线，牵系着写作的初心，一直向前，从未退缩。欧阳修《梅圣俞诗集序》中说："非诗之能穷人，殆穷者而后工也。"意思是说，非写诗能使人穷困潦倒，而是穷困潦倒后，才能写出好的诗。田日曰确实有过"穷书生"的境遇。他为人低调、淡泊名利、勇于担当；他为人夫，为人父，以身传道，以"书"相教；他为民仆，恪尽职守，造福一方；他为文章，坚守良知和立场，针砭时弊，颂扬正能量，文以载道。这也决定了他读书写作的品性和价值取向。

其二，散文内容的时政性。"为时而著"是田日曰散文内容"书香味"的另一特征，也反映了他对时代的一种关注，对现实社会的一种关切，对履责社会、助推社会进步的一种责任和使命。他在长期"读书"的历程中非常关注时政，并沉淀成自己的思想，写成自己的文章：或突发感慨，或针砭批评，或高歌颂扬。如《我们也有风花雪月》一文，对老艺术家阎肃的赞叹和对当下"造星""潮流"的讥讽和贬斥。又如《只因为"她不是你的菜——致'江西小伙'们"》一文，有感而发。由上海女孩"咽不下江西小伙家的一顿年夜饭"引发开来，告诫年轻人要树立正确的交友观，找准属于自己的"菜"。

就是这样，田日曰通过各种媒体"读"书：读报纸杂志，读电视手机，读人物专访，读名著典籍。涉猎之广，累积之多，皆成写作内容和写作思想。以时政的眼光，用细腻的笔触，捕捉稍纵即逝的思绪，让散文在时代的天空中滑行和闪光。

"问渠那得清如许？为有源头活水来"。田日曰创作的"活水"就是生活、工作和读书。"点铁成金""夺胎换骨"则又成了他处理读书与写作关系的常态。其实，这也是他散文"书香味"极浓的真实表现。如今，"儿大诗书女丝麻，公但读书煮春茶"，却也成了他继续前行的理由。是啊，多读书，多些"书香味"，于我等，真的很快活。

（原载《文学少年》。作者系中国散文学会会员，湖南省作协会员）

地域人文与乡土风情的意蕴交响

——评田日曰散文集《潇水涟漪》

王敦权

田日曰散文集《潇水涟漪》由成都时代出版社出版。赏读文集收录的作品，可见其散文写作，多是对他故乡永州的文化性、地域性、审美性写作。这种写作往往不以宏大的历史构想或当下广阔的社会场景为思想和叙事美学依据，更注重的是历史与现实之中的生命个体，更在意的是情感表达与历史思辨。他常以类似"知识考据""典故考据""风俗考据"等方式，巧妙地选取"文化寻根"的视角，对永州自古以来的数千年历史进行梳理、分析、归纳，然后阐释其需要揭示的命题，主旨鲜明，血肉丰满。这种写作主要以与永州当地有关的历史人物或历史事件为表现对象，既从文学角度折射永州历史的多维镜像，又丰富了永州的历史人文。他凭借自己深邃的哲思、精深的人文学养、独到的历史眼光、广博的阅历及饶有情趣的表述，文章融叙述与议论、抒情与说理、抽象与具象为一体，呈现出既富抒情化又显理性化的独特语言魅力，演奏一曲曲地域人文与乡土风情的意蕴交响。因此，读他的散文，如同享受丰盛的精神大餐。因其承载着丰富的知识、思辨的色彩、舒缓的节奏和回味悠长的韵律。因此，色香味俱佳，趣思神飘逸。

一、地理坐标：以潇水流域为轴线

田日曰散文题材的地理坐标始终锁定于永州，且以潇水流域为轴线，或点线面结合，或从一个侧面扫描永州某个地域。通过对潇水系列散文的相互参照和补充，有关永州古往今来的信息一点一点、一次一次传送出来，形成叠加、交叉、累积的效应，借此，永州的地域特色和文学形象逐渐清晰、丰满，逐渐被人们认知。《潇水涟漪》收录的篇章，大都如此。但田日曰非历史学家，亦非考古学家，他是一个机智而幽默的作家，他之记述、描写、议论，显然不是严苛的考古论证与古板的原始记述，行文便有了生动、异趣和意蕴。

他笔下香零山之香草、袁家渴、百家渡、何仙姑、葫芦岩之"红军渡"、秦岩、香草源、黄叶渡、沙背甸、岁圆楼、承平洞、泷河、柳宗元、黄庭坚等地名、村名、人名，但凡永州人都会有些熟悉，但又多半是道听途说，或一知半解。田日曰通过对历史的勾勒与回望，或对史实的考究与探秘，或对古建的描述与怀想，于文章中娓娓道来，把这些人和物、事和景的缘由、过往、当下及将来立体地呈现给读者，让读者有身临其境之感，既饶有情趣，又令人信服。在文字表达上做到这样，也许不是太难，但在文字之外的功夫是极其艰辛的。其中包含着他的"一体两面",即"巧"与"笨"。"巧"的是机遇,他所处的地域和曾经的人生阅历,有利于他对当地历史文化的发掘与考究;"笨"的是劳累,他常常利用周末、节假日和闲暇时间深入田野、村庄看实景,读族谱,阅志书,访民情,了解过去的一些蛛丝马迹,不怠不倦,长年累月,得以丰厚地积淀,深入地探究,理性地思辨。"身心行走,解读物语"。[1] 因其阅读的广泛和知识的广博,往往信手拈来,却又恰到好处。

下面,以《"承平洞"觅踪》为例,来分析其作品结构特征。此文坐标以"承平洞"地名为轴心,向历史的纵深探视,又向"我"走访村中老人、考察山洞诸多侧面辐射。对"承平洞"这一古地名的考证,涉及"贞实来游"四字碑刻的来由,无疑关涉到周贞实其人其事,文中列举诸多志书予以佐证,如《湖南省志·文物志》《零陵县志》《永州府志》《郭嵩焘〈湖南金石志〉石刻史料新编》《双牌县志》等记载的相关文字,还涉及《徐霞客游记》、黄庭坚《题永州淡山岩》诗、《儒林外史》文句及碑石研究专家韦家明教授的观点,这一系列信息一点点、一层层叠加、交叉、累积,"承平洞"地域特色和人文因素逐渐清晰、丰满,进而立体地展示出来。读者在阅读过程中饶有兴致,于愉悦中增长知识,丰富学养,开阔视野,陶冶情操。

《老家几个地名,有关陶》一文,更是铺陈得当、妙趣横生。其行文方式恰恰与《"承平洞"觅踪》相反,坐标的视线从多个方向集中"聚焦"扫向"陶"这个轴心,先散后聚,先分后合。文章开头写道:"我老家,道县蚣坝镇糖榨屋村铁夹车自然村,村前村后几处地名,似乎相互有些关联,有关于陶。"紧接着,从几处地名着笔,回忆与念旧,温情而缱绻。"长塘":儿时洗澡、游泳、偷采莲藕;"小冰沽":旱涝保收,农家争着想要的几丘稻田;"瓦片堆":土层下覆盖的全是碎瓦片;"后山窑":小山上的几孔窑洞;"窑门口":几孔旧土窑门口的稻田……叙述详尽,节奏徐缓,有如长者在村头巷尾踱步,步履虽有点蹒跚,但步步着地,足音坚实。然后,作者顺理成章地将这些地名进行串联归束,"正好串联起一个'取土、揉泥、制坯、装窑、烧制'的完整劳作流程。它们显然都关联着一件共同的往事——制陶"。由此,作者联想到远古的尧舜时代,尧帝舜帝先后都溯潇水南行。尧帝曾在潇水岸边的江村泊舟登岸,访贫问苦,当时叫"瓦窑滩"的泊舟之地,后改名"尧访"。再往后,舜受禅让,追随尧帝足迹来到尧访,后人便改尧访为"访尧"。"访尧"村现在双牌县境内(旧属古道州),尚有诸多有关尧舜的传说和遗迹,其原名叫"瓦窑滩",兹证古道州区域制陶历史悠久。然后道出:"在道县玉蟾岩出土了目前世界上发现年代最早的人工栽培稻标本和陶片,证明12000多年前,古道州境内制陶水平就很先进了。"文章结构犹如垒土,一层层添加、夯实、整形,塑造成一个基底结实、外形朴素的台子,台上仿佛上演着老百姓制陶的劳动场面、制作过程,也上演着尧舜帝王南行的行踪、仁慈爱民的情怀。更值得一提的是,文章结尾,真是出其不意,意蕴尤深:"听说我要请专家去老家考古,三弟赶紧打来电话,让我千万别弄那事。他说,还是让老家就这样安安静静的好。哦,想想也是。或许,平静如水的故乡,才是真好。"

《有滋有味酸咸菜》《那时的暑假》《水车犹在"吱嘎"转》《从此家乡是故乡》《许你一畦油菜花田》《那江碧水那座城》等篇章,无论地理位置、地理空间如何变换,但田日曰的故土情怀和文化关怀始终没有变。那份故土情怀与生俱来,根深蒂固。对家乡的文化关怀已融入血液、融入基因。他对日常生活的接近与体悟,对自然、人文景观的那份故乡情结、审美意趣与哲学认知,是深入骨髓、触及灵魂的。他将日常经验进行诗化与提升的过程,亦即将日常体会转化为心灵体验的过程,亦即尝试通过文学作品重建乡村文明的可能与努力。在这些散文中,地理标识、民族风情、生活习俗都变成了可触、可感、可知的非常具体的东西,富有了情感的观照与省思的感染力。

二、历史镜像:以地域人文为图斑

在当代散文作家中,张锐锋、于坚、祝勇等倡导和践行的"新散文",最突出的一个特征就是经常写到回忆。"但回忆在本质上是对以往生活的建构，它摧毁了人们的日常生活经验，打破了人们的思维特性，并将其扭曲了的人性和埋没了的历史片段、残迹加以收集和综合，正是在这个层面上，回忆才可以说是对遗忘的唤回，对日常生活的超越，同时具备了某种哲学的深度和诗性智慧"。[2] 田日曰散文，是否可以归类于"新散文"尚有待探讨，暂不作定论。但他的散文，有关回忆的篇什确是占到一定比例的。这些文章多以历史为表现对象，为潇水流域众多人物树碑立传，同时从文学的角度折射出永州历史的镜像。

田日曰笔下的历史镜像，始终以地域人文为图斑，成像看似简单，实则比较复杂，有时是二维的、三维的，有时却是多维的。他往往将心灵史、家族史、民族史、地区史、村庄史等融合在一起，使历史的镜像更饱和、更斑斓、更立体、更逼真。同时，更方便表露其对在现代社会工业文明推进的过程中分崩离析的传统家族制度与乡土中国文明秩序的感伤。

《"山栖佳胜，此为第一"》写的是徐霞客徒步游双牌。当年徐霞客从永州向南行游，是步行而至的。对这段史实，他引经据典——《徐霞客游记》《双牌县文物志》言之凿凿，说得明明白白。徐霞客在其游记中有以下记载："余闻永州南二十五里有澹岩之胜，欲一游焉。不意舟行五十里而问之，犹在前也。计当明晨过其下，而舟人莽不肯待。余念陆近而水远，不若听其去，而从陆蹑之，舟人乃首肯。（崇祯十年三月）十五日，五更闻雨声冷冷，达旦雷雨大作。不为阻，亟炊饭。五里至岩北，力疾登涯，与舟人期会于双牌。双牌者，永州南五十里之铺也。"然后，交代徐霞客主要游览了哪些地方，这些地方有何风景和特色。最后，发出一番感叹与推想。文章以"出水崖"地理位置、周边自然风貌、徐霞客游踪、《徐霞客游记》相关记载及与元结、周贞实相关联的自然、历史人文元素为基本图斑，构成了"出水崖"的历史镜像，真实、丰富、斑斓。

这本集子对尧、舜、何仙姑、柳宗元、元结、怀素、黄庭坚、王夫之、周贞实、周敦颐、徐霞客、何绍基等诸多历史人物均有涉及，大多是以整篇文章书写，其中写黄庭坚的就有四篇。田日曰对黄庭坚等历史人物和历史事件的高度关注与持续书写，用意何其鲜明。像这种侧重于生命状态的呈现和展示知识分子性格命运的作品，其初衷显然不仅是满足对自然风光和历史场景的再现，而是站在理性的高处审视、思考、甄别，对历史人物和历史事件重新厘定，其目的在于为当下复杂的现实生活提供一种精神层面的参照，或给生命以启迪。

此外，一些作品则来自他对现实社会的洞悉与思考。故乡是对于地域印象最直接的心灵体验，他无疑有着自己朴实的理解和坚守。在他眼里，村庄田舍的大好时光，宁静祥和而又有着被忽视、不被珍惜的哀婉，在安宁静谧中，悠然生发年华易逝的焦虑与伤感。他多么希望，有如挽歌般的物事，不颓废于虚无之中，而能留存久远。

《怀想上梧江》：老街豆腐坊"吱呀吱呀"的石磨声，铁匠刘师傅"叮叮当、叮叮当"的打铁声，"遥望街"密密麻麻店铺做生意的喧嚣声，是那么繁华，是那么鲜活，是那么令人迷恋。"如我这般，则会常常想着，偶尔去看看，尽可算是心有皈依。过去多少年后，这一方山水，依然还是心中挥之不去的牵挂与怀想。"文字简短，其意无穷。

《荣衰一念"岁圆楼"》恰如一曲挽歌，在清风明月时轻吟浅唱。清道光十六年（1836年）始建的"岁圆楼"，历时二十载完工。足见规模之宏大，做工之精细。"与所有古村一样，坦田当年的韶华逝去，荣光不复，残留至今的，同样是一地颓迹。虽可见从遗弃在颓垣断壁之下一只旧石缸底部，顽强地冒出几丛麦冬，照样青青油油，张扬着生命的色彩与芬芳，但终归不能掩饰岁月的斑驳。"由此而感慨："那些经历无数代人，在长久的创业奋斗中总结出来，有经世致用的族规也好，家训也罢，不能仅仅是刻写和尘封在族谱里。唯子孙后代矢志不渝地用行动去践行和传承，那些立下的规矩，才有它真正的价值和意义。"念旧、感怀、慨叹、参悟一应俱全，让人唏嘘不已。

相比那些"为赋新诗强说愁"的作者而言，田日曰无疑是一个有故乡情结、故土气息的作家，其作品始终保持着气泽温润、情感含蓄委婉、表达朴实疏朗的特性，字里行间隐隐流淌着回味与怀想、乡愁与伤感。那些因行走而生发的情感与抒怀，沾满了时间的尘埃，回荡着历史的声响。他"以敏锐的眼光，捕捉稍纵即逝的思绪，用细腻的笔触，建构如歌如泣的行板，让散文在时代的天空中滑行和闪光"。[3]

三、美学风格：以纯净丰沛为底色

田日曰的散文创作，始终追求着以纯净丰沛为底色的美学风格。这恰如他的为人与处事——他为人真诚、纯粹、低调，不虚饰、不假意、不张扬，总是那么淡定从容，憨实沉稳；他待人热情、真挚、贴心，常常以宽厚的胸怀和丰沛的情感表达，让人感到由衷的亲近与内心的温暖；他处事平和、得体、练达，多直截了当，若偶有婉转迂回，但绝非拖泥带水、故弄玄虚。他这般的为人与处事，自然而然会影响到他散文创作的思想境界和美学追求，渐渐形成了他纯净、冲淡、丰沛的美学风格。正如诗人、评论家刘忠华为他散文集作《序》所言："看似信手拈来的书写日常事物的诗文，语言质朴，却情致温润；平淡的叙述中，充满了人生的况味和智慧。"[4]永州市文艺评论家协会原主席郑山明对其美学风格则有这样精彩的点评："曾经喧嚣繁华的生活，经过时间沉淀和作者思想之网的过滤，诉诸笔端已是平和、优雅、冲淡。细细品读这一篇篇散文，感觉之敏锐、笔触之细腻、描写之生动，都体现出作者用心生活、用心阅世、用心写作的特质，也让阅读这些文章成为一种愉悦,一种分享。"[5]

因为有了纯净与丰沛作底色,田日曰散文作品所呈现出来的画面尤为明朗、典雅,意境尤为悠然、高远。田日曰散文具有多向度的美学特质,笔者认为,最突出的特质有二:其一为纯净,其二为丰沛。下面,结合他的散文文本分别阐述这两种特质。

其美学特质之一——纯净,主要表现在对书写对象的选择和语言文字的简洁、意境营造的淡雅。田日曰有着明显的古代知识分子为人称道的"士人情怀"。"中国士人情怀是一种被历代主流意识形态普遍认同的价值意识。它是镌刻在民族文化历史长廊上的一道价值烙印,是士人阶层高尚的、积极的、向上的、具有使命感和凝聚力的民族情感。"[6]田日曰对历史人物、历史事件的关注和书写,虽然大致范围基本锁定在与永州相关联的人和事上,但也非随意而为,他尤其有针对性地选择具有"士人情怀"的相关历史人物,作为自己重点书写的对象。这些人物本身就纯粹而高雅,恬淡而耿介。前文罗列的柳宗元、元结、怀素、黄庭坚、王夫之、周贞实、周敦颐、何绍基等,无一不是如此。他对这些有着强烈"士人情怀"历史人物的书写与追怀,其实亦是抒发他自己"士人情怀"的一种诉说方式,亦是表明自己对"士人情怀"认同与追求的一种表现方式。

"云台山,这座平步青云的云中高台,我伫立一隅,凝望山下南来北往奔流不息的潇水,恰一簇白云飘过,我仿佛闻到了从脚下的泥土里和拂面的轻霭中散发而出的哲思气息。"(《随云度溪水》)王夫之在双牌云台山为躲避追杀客居半载,其哲学思想从此成熟、升华,其后相继完成《老子衍》《黄书》等重要著述。他一生著述一百余种,体系浩大,内容广博,成就了其在中国乃至世界哲学思想史上的崇高地位。王夫之把自己藏匿于深山荒野,全身心投入著书立说之中,云台山之居,是他思想上的一个重要转折点,也是他走向成功的一个重要起点。"我仿佛闻到了从脚下的泥土里和拂面的轻霭中散发而出的哲思气息。"田日日一面怀旧,一面"穿越时空"与王夫之"交心""攀谈",可谓神交知己,惺惺相惜。营造的美学境界,如水般纯净,如风般亲切,如云般恬静。"士人情怀"充溢其间,令人感慨万端。"试图将那些难解的疑惑,或与这株跟渡口几乎同龄的老樟树独语,或与经年流淌拍岸的浪花对话:曾记否?可是它们都没有给我回音。"(《沙背甸》)文字简洁,行文轻松,而营造的意境,淡雅中透出一点点玄妙与机巧。历史沧桑,古渡口的许多古老的故事已随流水而去,没有了回音;作者的追怀,如流水般绵长,又如流水般无奈。

其美学特质之二——丰沛,主要体现在情感表达上的丰沛与奔放。《别川向秦未忘蜀》,叙说何绍基即将离开四川时的心绪与离愁:"在他看来,自己秉承皇帝意旨将四川弊政上书朝廷,无愧于心却被撤了学政官职,愤慨和孤寂之感,唯有在内心与杜甫倾诉。秋高云淡之下,秋风吹起离愁,就此作别川中父老,何日还能重来呢?"何绍基离蜀时偕幕僚吴寿恬、顾幼耕及儿庆涵等人同游草堂,与杜公作别,内心是何等复杂,情感是何等浓烈,心绪是何等无奈与不舍,寥寥数言,表达的内容却何等充分。不难看出,田日曰此刻的用情已经是饱和充溢了,他内心深处的炽热有如岩浆喷发之势——对何绍基遭遇的不公正对待之愤慨与不平,对何绍基坎坷命运之深切关注与同情,对何绍基身处逆境而心忧天下苍生之敬仰与钦佩!《从此家乡是故乡》写孩子研究生毕业后到广州工作。"如今,孩子在一个新的城市安家,家乡在他眼里,从此已是故乡。他与父母之间的距离,变得不再是里程上的数字,而是有了另一种意义。或许,对孩子来说,这不过是对自己人生栖息地的一次选择,于父母而言,却是一种令人暗自伤感的情形。说实话,当时,我眼里突然一眶浅泪。""我也同样相信,每一个人,终归是不可能走出故乡的,哪怕他走遍万水千山。故乡一条河流,一座石板桥,或一株古树,一定会在他心里被长久铭记着,终会浓缩成一个游子精神的原乡。"情感的宣泄与收敛,如此得当,如此和洽,足见其对情感的把控能力已经修炼得张弛有度、收放自如。"原来,就因常有愁肠心结无处相寄,找不到适合的人倾诉或不愿与人倾诉,所以,我们才喜欢面朝江河湖海,迎风听浪,借以让自己融入无边的辽阔,身和心一同被稀释。往往就因为我们掘不开自己内心那道城门,才喜欢在沙滩上垒筑'城堡',以期一阵阵巨浪漫涌而过"。(《自己的"城堡"》）原来我们垒筑"城堡",是因为外界的喧嚣与内心的孤独,是渴望倾诉、放任、自由,是期待"一阵阵巨浪漫涌而过"。作者情感的饱满、内心的奔突显而易见,丰沛、饱和与奔涌的情绪和契入灵魂的笔触,更加彰显了他丰沛、奔放的美学特质。

"旅行可以让一个写作者保持对事物的新鲜和敏感状态。脚走不到的地方要用心去走一遍。"[7]田日曰的"行走"没有间断,行踪遍及大江南北,他的"脚"和"心"同节拍、共频率。不断地阅读、思考与行走,其散文内容宽博,表现出一个经验丰富的作家对纷繁现实的介入勇气与谋略,深入的是由物及己的内心世界。"他花很多的精力来了解家乡的历史,那些已经或正在消失的美好,那些家乡独有的精神和物质上的宝贵财富。所以,他笔下的桑梓故土,便有了历史的厚重和生命的鲜活,作者浓重的家乡情结才得以自然而然地沛然释放。"[8]显然,田日曰持之以恒地阅读、思考、行走与写作,是卓有成效的。其散文叙事策略和营造意境的手段也已初步呈现儒家风范,富有传统美学的审美格调——从容雅致,进退适度,饱满含蓄,节制内敛。同时,纯净与丰沛的特质尤其明显,纯净与丰沛的不期而遇,催生出独特的审美意味。

注:

[1] [5] [8] 郑山明:《情满潇湘无限意》,《潇水涟漪》第183页,

成都，成都时代出版社，2020。

[2] 陈剑晖：《诗性想象：百年散文理论体系与文化话语建构》第134页，广州，南方出版传媒、广东人民出版社，2014。

[3] 傅德盛：《田日曰散文里的"书影"》，《文学少年》2021年第4期，第65页。

[4] 刘忠华：《潇水清清永水流〈序〉》，《潇水清清永水流》第3页，北京，北京日报出版社，2018。

[6] 芦苇岸：《本源诉求及审美化境——论柳沄的诗歌创作》，《当代作家评论》2019年第2期，第195页。

[7] 邰筐：《诗话：云雀与竖琴》，《人民文学》2020年第12期，第146页。

（原载《火花》。作者系湖南省作家协会会员，湖南省文艺评论家协会会员，湖南省诗歌学会会员，永州市作家协会副主席，永州市文艺评论家协会副主席）

最多吟兴是潇湘

——田日曰散文赏读

蒋培君

田日曰,本名何田昌,瑶族,永州籍散文作家。近年来,他在多家刊物发表作品,出版散文集两部。他的创作常源于深厚的乡土情结,蕴含执着的历史探寻,呈现素朴的人文情怀,语言简明,境界清新,值得关注鉴赏。

一、坚定深厚的乡土情结

潇水是条古老而清幽的河流,它发源于九嶷山深处,蜿蜒流淌于古苍梧之野,流经永州南部道县和双牌等县,在古城零陵与湘江汇合。田日曰出生、成长与生活的地方都在潇水岸边,这条河给了他生命,也给了他家园,还给了他柔情与思考。对于他而言,这条河具有特别重要的意义,早已融入他的血液与生命(《潇水沐浴,永水放歌》)。他说:"每一个人,终归是不可能走出故乡的,哪怕他走遍万水千山。"(《从此家乡是故乡》)他还说:"故乡从来不曾在心里淡忘过,而且随着岁月向老,故乡之情,总会越来越浓烈。"(《故乡城事》)他认为,"诗意不唯远方"，潇水及其两岸这大片热土，尤其是道县和双牌县，已足够他一辈子深读精耕。作为一位作家，他对潇水丝毫不吝惜自己的真爱与心血，他的创作大都是献给潇水的，他的两部作品集《潇水清清永水流》和《潇水涟漪》也都是借用潇水之名。

田日曰倾情描绘潇水流域清秀的自然风光。在他笔下，读者可以欣赏到阳明山杜鹃花海（《又见阳明杜鹃红》）、桐子坳缤纷秋色（《桐子坳赏秋，紫色向右，黄色向左》）、西冲公园原始次生林（《宁静幽深处》），还可欣赏到乡下热闹的荷塘美景（《荷花及其他》）和四处盛开的油菜花（《许你一畦油菜花田》）。田日曰热情介绍家乡令人难忘的物产美食。在他笔下，奶奶虽已去世27年，但她当年包的糯粽，清香犹在口鼻（《难忘中秋糯粽香》）；家乡小县城的麻辣螺蛳和卤鸡蛋"味道好得很"，让人不经意间就喝醉了酒（《故乡城事》）；而塔山婆婆茶的"甘洌馥郁"，又引得远近朋友都嚷着要分享（《塔山茶话》）。田日曰自豪地展示潇水两岸独特的民俗人情，那里有奇异的瑶族婚俗、喧嚣的瑶山围猎和温馨的瑶寨火塘。在他笔下，上梧江古镇红红火火的豆腐坊、叮叮当当的铁匠铺，连同热闹非凡的遥望街，始终是人"心中挥之不去的牵挂与怀想"（《怀想上梧江》）。他说："瑶民们世代栖居的水岸瑶乡，真是一方容得下人、暖得了心、旺得了家的福地桃源。"（《怀想上梧江》）而这方"福地桃源"，无疑也正是他渴望与读者共享的精神家园。田日曰深情追忆童年时的乡村生活,无论是他个人生活的多灾多难(《磨难童年》),还是小伙伴们暑假生活的忙乱(《那时的暑假》),抑或是乡亲们守望相助的"苦涩的温情"(《"借"来"借"去的乡情》),都能触动人心灵深处最温柔的那根心弦。翻阅田日曰的散文,读者既能欣赏到潇水流域迷人的景观与独有的风情,也能感受到作者生活于这方热土的温暖与和美、知足与感恩。

二、执着鲜活的历史探寻

潇水流域是一方古老的土地,文化积淀非常深厚。早在10多万年前,道县福岩洞就有人类先民繁衍生息;1万多年前,道县玉蟾岩就散落了稻作文化与陶瓷文化的遗物;4000多年前,舜帝曾巡狩并长眠于这片土地上。自有文字记载以来,无数文官武将、迁客骚人曾踏足这片土地,留下或深或浅的文化足迹。由于深爱并一直扎根于这方土地,田日曰的创作在关注当下的同时,还常将眼光投向久远的历史文化。他几十年如一日,如痴着魔般地在这片土地上不知疲倦地探幽、捡拾,寻找遗踪,寻找根脉,寻找诗情,也寻找意义。他笔下的乡土,不仅形象鲜活,也常呈现历史的幽远与馨香。

田日曰驻足潇水岸边,虔诚遥望尧、舜等圣帝先人的历史背影,讴歌他们的历史贡献。他行走在古驿道、码头,细心寻辨柳宗元、周敦颐、何绍基等文化名人的生命足迹,梳理他们与潇水的情缘。在田日曰笔下,舜帝的弟弟象分封到有庳国,即今天双牌江村镇一带之后，勤政爱民，很有政声，当地百姓"千百年来始终把他当神来祭祀"。(《有庳国里说象王》)在他笔下，唐代刺史韦宙关心民间疾苦，着力减免百姓进贡香草的负担，因而"千年流芳，芳如香苓"(《芳如香苓》)。田日曰充分利用地利因素，广泛收集整理家乡及周边地区随潇水流淌的民间传说，像何仙姑的传说、舜德岩的传说、狮子塘的传说等，同时认真研读秦岩、百家渡、青山里等文化景观的发展历史，大胆推断泷河、黄叶渡、铁夹车等地名的由来，以热恋般的情感，水滴石穿般的耐心和学究般的较真，深入挖掘其中一砖一瓦、一草一木的文化蕴涵，讴歌地域文化，营构精神家园。在他笔下，何仙姑一直"如云似风，神来仙去。以她的智慧、善良和正义，眷顾和造福百姓"(《"鲜活"千年何仙姑》)。他说，自己仿佛看见一袭长衫的柳宗元"伫立黄叶渡口，静静等候从对岸摇划过来的渡船"(《黄叶渡》)。他推断秦岩为"秦军南征时，瑶民躲避战乱赖以栖息的'桃源洞'"，而且他说："我们每个人都有一个自己归隐的'秦岩'。"(《秦岩·香草源》)

多年来，田日曰一直保留着对于故土历史文化的崇敬与景仰，养成了一种追根究底的习惯，总是满怀激情而又小心翼翼地找寻，长期乐此不疲。他重视对文献资料的查阅，经常"读传记、查史志、翻文集"，同时，他也非常重视田野调查与切身感悟，常利用自己长期在基层工作、熟悉乡村生活的便宜访乡问野，或披荆斩棘进行现场勘探，或进村入户，与老人、专家长谈商讨。对于后者，作者似乎更加上心，也更为擅长，因而他的文化散文也更富生活气息，具有平民色彩。

三、素朴务实的人文情怀

田日曰在潇水边偏远的农村长大并一直在这片热土上生活，遗传了先辈们善良正直、乐观豁达的优良品性；作为知识分子，他深受湖湘文化忧国爱民、主动担当、求实进取等品格的影响；具有强烈的责任感、使命感和时政敏感性，并对普通民众，尤其是广大农民与职工朋友很熟悉、很亲近。在创作中他常立足潇水看世界，怀揣素朴的人文情怀与强烈的使命意识感悟时代新变，品评生活万象，辨识喧嚣众声，其作品因而具有较强的时代性与针对性。

田日曰热情描绘家乡建设的新进展，抒发盼望发展、讴歌发展的激动情感。学校教学楼竣工后，他作为主要推动者与组织者，回顾建设过程中的种种艰辛时，倍感欣慰与自豪（《上梧江民族学校主力教学楼的记忆》）。回老家的公路通车后，望而生畏的山路变得宽敞平直，而且一路风景如画，他心中满溢喜悦与惬意（《回家的路原本不远》）。田日曰时常关注鲜活的现实事件，剖析事件意蕴，表明个人思考。面对震区干部抑郁自杀，他在痛惜之余，不忘提醒人们生活历练与磨难教育对于年青一代的重要性（《不可或缺的磨难历练》）。对于社会上的不良风气与丑恶现象，他也总要摆明态度，追究根源，分析危害《我们也有风花雪月》。在肯定老艺术家阎肃的同时,对当下的"造星"与"追星"风潮提出了中肯的批评。面对飞机上我们的国人,尤其是年青一代齐刷刷低头刷手机的景象,对比波兰友人书不离手的表现,他的忧虑与无奈之情溢于言表(《两样的风景》)。

田日曰喜欢关注当下热门话题,尝试参与话题讨论。他所提出的观点,像"把更多的时间留给妻子孩子,恐怕比送什么玫瑰花都能让她们开心快乐"(《情人节的玫瑰花》)。"每个人都有你自己的一棵菜,你又何必去强求本不属于你的那个伊"(《只因为"她不是你的菜——致'江西小伙'们"》)。均浅显通俗,让人容易理解,乐于接受。

田日曰还从常见的社会现象与具体事例出发,阐述实实在在的道理。《说理想》结合作者自身的奋斗历程与生命体验告诉读者:"理想在不断尝试和修正的过程中才得以圆满。"《从"青蛙之死"想到的》则借用"小溪小沟易翻船"的现象来阐明"居安思危"的重要性。这些时评取材广泛,内容多样,虽不以理论的新颖、视野的宏阔与思考的精深见长,但均源于生活,有感而发,且情感清纯,三观端正,具有满满的正能量。正如满江青碧的潇水那样沁人心脾,荡污洗垢。

四、简明温润的艺术表现

田日曰是地道的瑶族汉子,质朴、热情、豪爽。参加工作数十年，始终怀揣初心，不忘本色。在创作中，他一直坚守"我手写我文，我文写我心"的原则，他认为："写出来的字辞句章，当首先能够拿给自己妻儿去读。"（《怀揣初心，行走在途》）因而，他的作品都是真性情的流露，质朴而温润。

他的作品大都给人以"小"的印象：篇幅短小，结构简单，小中见大。诗人刘忠华在《潇水清清永水流》的序言中称赞他的创作"小篇什中有大情怀"。同时，田日曰的创作又以平铺直叙和直抒胸臆居多，在不慌不忙的叙述与论说中，并没有融入复杂的叙述技巧与新奇的修辞手法，他自己也从不装腔作势，作品主题单一，词句平易，文风质实，就像是一个大山里的瑶姑，不施粉黛，素面朝天；也像是老友促膝聊天，诚恳亲切。可以说，"小"而"朴"即是田日曰的创作特色。由于"小"而"朴"，也由于源自乡野，田日曰的作品常给人清新的美感。郑山明为《潇水涟漪》作跋时曾说："在炎炎酷暑中，细读田日曰的散文作品，宛如清风拂面，暑气顿消。"作家周凌志也说，阅读田日曰的作品常能感到"清新、质朴而真切"。

田日曰爱生活，爱时代，爱文学，在创作中他常将自我摆进去，将浓浓的爱意转化为一幕幕景观、一个个故事、一段段议论。其作品看似琐细平淡，其实用情很深，而且他的情感没经过修饰与遮掩，显得清纯透明。田日曰时评性作品，像《游戏"偷菜"》《情人节的玫瑰花》《那盆"四季果"》等，结合其自身经历与体验阐明观点，理性的分析与论断中蕴含着生命的温热。描写自然与人文景观的作品，像《又见阳明杜鹃红》《荷花及其他》《"断桥"随想》等，所呈现的都是作者眼中的景观，作品意象均为内在情感体验与外在物象的有机结合。在介绍历史人物及其行踪时，也常将自己的怀想与景仰融入其中，让古人在清秀的山水中又"活"了起来。田日曰说，坐在自己的茶舍里，"将茶香和书香一起发酵，人生'中秋'，亦觉温暖，亦觉芬芳自在"（《在茶人悦舍》）。翻阅他的散文，感觉与品茶近似，但觉几分温暖，几缕芬芳，温暖而淡雅。

田日曰早在学生时代就有文学梦，历经数十年风雨，始终不抛弃、不放弃。在当下这个高度物质化的时代，这种对文学的坚守无疑是值得称道的。在其散文集《潇水涟漪》扉页上，田日曰留下这样一段话形容自己的创作："犹如儿时站在潇水河岸边，捡起一块石子往江心抛，是想打出更多水漂，击起一阵阵涟漪。"通过多年努力，他的创作日渐成熟，已形成鲜明特色，在潇水中震荡出阵阵涟漪。

（原载《青年报·生活周刊》。作者系湖南科技学院图书馆副研究员，主要研究方向为英国浪漫主义诗歌与地方文化）

后记

　　终于在玉兔摆尾,龙年肇始之时,归集整理好近年涂鸦的文稿,"打包"放进一个"文件夹"里,发给商谈合作的出版社编辑,忙活好一阵子的事,就此暂告一段落。而后,按成书惯例,付梓前再写几句话,做些相关交代和说明,是为后记。

　　先说说这个书名。拙著《潇水清清永水流》后记和《潇水涟漪》扉页题记,都言及自己与这条亘古流淌的河流——潇水的情感。甚至曾有念头,挎上背包,竹杖芒鞋,从潇水的源头蓝山野狗岭出发,沿河一路行走到蘋洲岛,与这条河流来一次亲密接触和对话,然后完成一本《潇水史》或《潇水记》之类的作品,为潇水立像存照。但囿于现实中的诸多原因,比如时间、身体状况等,毕竟并非所有良好愿望都能最终达成,因而很遗憾,这种想法就一直只是个想法而已。

　　没去全流域行走,却也没停止时时与她亲近,亦没停止书写有关她的文字。

　　比如,春天去一座古村落,看见与一垌的油菜花最好的搭配,是几座有马头墙的粉墙黛瓦的民居,而非贴着瓷砖的新式小洋楼。就像一对青年夫妇带着孩童,反倒不及一位老爷爷或老阿婆拉扯着一个孩子让人感到这孩子更显朝气勃发。

又比如，走在村巷间，偶遇有老农荷一把锄、牵一头牛从身边走过，或有两只瘦犬在飞檐翘角的光影下追逐着跑过。拐出巷道来到某座院落的前坪，数位老者倚在墙根下晒太阳，阳光明媚，光线照在他们脸上，皱纹愈加清晰，更见岁月沧桑。他们像村头那棵乌桕树上的一片片黄叶，在怀想曾经绿意盎然的美好中不时飘零阶沿，或落入青石板的缝隙里……

漫步或远或近的某处，诸多类似的遇见，得见看似平凡无奇的乡土风物的内涵，每每触动自己一抹情思。

又或是打开某本尘封已久的旧书书页，去跟活在书章里的人物对话，向先贤请益，不时为那些在现实里再难遭遇的真爱或苦难破防泪目。抑或在各种正史、野史或文人笔记里遴选人物事迹，感喟古人命运恍如我们自身命运的镜像或倒影。

所有这些，便是行走与品读交替进行时写下那些文字的动因。

经年的潇水看不出太多明显改变，只有流速和水质有了变化；两岸层峦群山的高度并无升降，只有植被和坡岸的建筑有了变迁；民居里住着的仍是那些族群的后裔，只有一代代人的心境有了改变。

水岸之畔一处处码头，一块块矶石，见识过秦汉干戈、三国纷争、唐宋风雨和明清星月，惯看岁月动荡兴衰，洞见无数士子升迁沉浮，见证人世间离合悲欢。《水经注·潇水》载："潇者，水清深也。"清澈幽深的潇水从未停歇过流淌，伴水流淌的故事也不停地演绎，潇水，自然便有书写不尽的辞章。《潇水流深》便是这样被冠作这本即将面世的散文集的名字的。

再来说说感谢的话语——尽管有些落俗。此生此途，要致谢的人，真是太多太多，无法一一尽列。为不至于因列举不周平添遗憾，干脆就只笼统地道声"谢谢"吧。诸位有恩于我的人之各种善好，我自铭记于心。

除此之外，当然还得感谢静好年华。这绝非无话找话。新冠疫情三年历经的种种变故，特别是上上年意外遭遇的一场病痛之灾，侥幸度劫，令人感慨良深。唯愿山河无恙，时光无恙，生命无恙，亲人无恙，许我众生安好，岁月馨香，容我在文学的旖旎缱绻里且歌徐行。

何田昌

2024年1月29日于茶人悦舍